A jaca do cemitério é mais doce

Manoel Herzog

A jaca do cemitério é mais doce

ALFAGUARA

Grafia atualizada segundo o Acordo Ortográfico da Língua Portuguesa de 1990, que entrou em vigor no Brasil em 2009.

Capa
Claudia Espínola de Carvalho

Imagem de capa
Eric Isselee/ Shutterstock

Preparação
Fernanda Villa Nova de Mello

Revisão
Carmen T. S. Costa
Luciane Gomide

Os personagens e as situações desta obra são reais apenas no universo da ficção; não se referem a pessoas e fatos concretos, e não emitem opinião sobre eles

Dados Internacionais de Catalogação na Publicação (CIP)
(Câmara Brasileira do Livro, SP, Brasil)

Herzog, Manoel
A jaca do cemitério é mais doce / Manoel Herzog.
— 1ª ed. — Rio de Janeiro: Alfaguara, 2017.

ISBN 978-85-5652-047-0

1. Ficção brasileira I. Título.

17-05725 CDD-869.3

Índice para catálogo sistemático:
1. Ficção : Literatura brasileira 869.3

EDITORA SCHWARCZ S.A.
Praça Floriano, 19 — Sala 3001
20031-050 — Rio de Janeiro — RJ
Telefone: (21) 3993-7510
www.companhiadasletras.com.br
www.blogdacompanhia.com.br
facebook.com/alfaguara.br
twitter.com/alfaguara_br

Para Ademir Demarchi, Eduardo Lacerda
e Luiz Soares

Quando Liso Pastor, num campo verde,
Natércia, crua Ninfa, só buscava
Com mil suspiros tristes que derrama.

Porque te vás de quem por ti se perde,
Para quem pouco te ama? (*suspirava*)
E o eco lhe responde: Pouco te ama.
Luís de Camões

I

Em 1978, ano em que Santiago Hernández completou quatorze, *Saturday Night Fever* estourou na periferia do mundo. Estando o Brasil na periferia do mundo e ele em Cubatão, na periferia do Brasil, foi alvejado de forma absoluta por tais embalos, embora suas noites de sábado nada de emocionante contivessem.

Mamãe e titia acharam de matriculá-lo um ano antes na escola pública. Santiago vivenciou na adolescência o déficit de um ano, e um ano na adolescência pode representar décadas de desvantagem em relação aos colegas. Ostentavam alguns até um incipiente bigode negro; ele, não bastasse o cabelo alourado, longe de ter bigode resignava-se a uma tênue penugem pubiana, que buscava esconder, não urinando em público. Fora o déficit de um ano ante os colegas, sabe-se que as garotas amadurecem bem primeiro. Logo, as da sua classe de oitava jogavam-se pros moleques do colegial, algumas até entregando a virgindade que lhe pertencia por direito. Santiago ainda lutava por agarrar uma infância que fugia contra sua vontade. Seus colegas já iam a discotecas, e todos, sem exceção, partiam o cabelo no meio, feito John Travolta, a quem buscavam imitar, tanto no penteado como na coreografia. Ele penteava de lado.

Assim foi que odiou John Travolta com força. Efeminado, aquele queixo furadinho, rebolando feito uma dançarina de boate. Santiago não ia à discoteca, tinha profunda vergonha de chacoalhar o corpo. Buscando razões para sustentar o despeito, a ideologia política a que se agarrou reforçou seu ódio de Travolta: um brasileiro deve resistir à colonização, discoteca é coisa de frescos deslumbrados com os Estados Unidos; ele era um sambista. Só deu conta da dificuldade do paradoxo ao ver que um sambista devia, ele também, ter seu remelexo.

Perdida de vez a guerra da infância renitente, Santiago entregou-se à fase adulta e à caça das garotas que, descobriu, não consideram um homem que não dance. Sofreu a adolescência inteira mas, aos vinte e um, sabedor que precisava sobressair ao vulgo — os colegas *discotèque* —, se matriculou no curso de dança de salão da Academia de Cabos e Soldados da Polícia Militar, de forma a aprender os segredos do samba de gafieira; e do bolero; talvez do tango.

II

Até chegar, já adulto, à Academia de Cabos e Soldados da Polícia Militar (ACSPM), onde aprendeu as artes da dança e sedução, Santiago passou perrengues. De normal era tímido, não contava com físico, péssimo em todos os esportes, mais jovem que os colegas e um desprezo pras meninas do ginásio. Amigos, na escola, não os tinha, à exceção de um menino por nome Germano Quaresma, que aparentava amizade, mas às vezes parecia tornar-se outra pessoa; revelava uma curiosa personalidade dupla. Os que assim considerava, dois moleques do bairro, deixaram essa inutilidade de escola havia dois anos pelo menos. Chico era vagabundo, explorava a mãe, dona de uma pequena pensão; Tonico vendia limões. Era bom se mamãe permitisse a Santiago sair da escola, lugar sem sentido tentando letrar uma geração perdida que amava hambúrgueres e shopping centers — Santos inaugurava um naquele período. Mas ela o queria livre daquele subúrbio, e não via perspectiva de libertação sem escola. Tinha dúvidas se estava certa, mas num ponto via-lhe razão: mamãe não tinha, nem titia, uma pensão com que o sustentar; e vender limões era ofício que desagradava, a elas e a ele.

Chico, Tonico e Santiago passavam os dias na rua, catando bituca de cigarro. Às seis da tarde iam *pro lar, pra tomar banho e jantar*, depois saíam pro samba. Uma vez que era detrator de John Travolta e de todos os cantores de rock 'n' roll, ficou militante cultural desde jovem, na causa da música popular brasileira. Pra vivenciar essa militância se afastou da turma da escola, dos bailinhos, das idas a cinema e shopping. Ia era no ensaio do Grêmio Recreativo Escola de Samba Independência, onde podia ver, de longe, Natércia. Na classe via de perto, estudavam juntos, a mãe dela também queria tirá-la do subúrbio. Tanto na escola de samba, de longe, quanto na escola inútil, de perto, não ousava tocá-la, nem mesmo dirigir-lhe a palavra. Tinha vergonha.

Contudo, depois da ACSPM, ficou pombo. Dominado o próprio corpo, livre da timidez e apropriado da beleza de seus movimentos, ganhou o universo; e ganhou Natércia, a quem deixou rebolar e evoluir esfregando-se em sua cintura móbil, a cara enfiada no seu peito estático, totalmente serva; um homem só dança da cintura pra baixo, disse-lhe Vanda Lúcia, validando a teoria de Vivaldo.

Até matricular-se no curso de dança de salão da ACSPM; ficar pombo; dominar o corpo; ganhar universo etc., e até pegar Natércia pra dançar naquele ensaio na quadra da GRES Independência, Santiago pastou foi muito. Um sofrido olhar de longe as safadezas de Natércia, esfregando-se em Caio Getúlio do primeiro colegial; Natércia dando pra tantos, já crescida; Natércia, quando eram da mesma classe, folgando com os abomináveis playboys do terceiro colegial, maiores que ele; Natércia ignorando-o e, pior, dançando aos embalos da noite sabática da sua vida, onde ele nada produzia, nada arrojava e tudo suportava. Depois Natércia ouvindo Queen; ouvindo Kiss; pintando a cara e as unhas de preto; fumando maconha; e dando pra meio mundo, menos pra Santiago; Natércia curtindo AC/DC; por fim, Legião, o nome do demônio.

Por não olhar pra mulher que amava metida em tanta lama agarrou-se com fé em Roberto Ribeiro, Chico da Silva e demais sambistas da época, mesmo Benito di Paula, além de, maturando o gosto, aproximar-se de tropicalismo e alta MPB. Até que ela, bastante experiente — já tinham vinte e um —, deixou de rocks e discotecas voltando a frequentar o ensaio da GRES Independência, agora com a colega de faculdade, a nissei, filha de Tomio, pequeno-burguesa achando bonito ficar com sambistas. Foi muita sorte Santiago haver procurado três meses antes os ensinamentos sagrados professados por Vivaldo e Vanda Lúcia na sede da ACSPM. Primeiro ensinamento: *são dois pra lá, dois pra cá*. Segundo: um homem só rebola da cintura pra baixo.

O tronco ereto e imóvel, os braços arcados, pescoço alternando esquerda/direita pra não ficar tonto e mão nas costas da dama, guiando, ela que rebole o corpo todo, evolua, se esfregue. Experimentava silenciosa vergonha de recordar as raras ocasiões em que se havia arrojado, bêbado, a sambar sem saber, chacoalhando o esqueleto inteiro, semelhando uma histérica dos braços em helicóptero. Elis Regina houve uma só, as tentativas de imitação resultam lamentáveis. Era tão fácil, nessas duas premissas construiu toda a sua dança, tanto que com parcos três meses de estudo já fazia graça; ao vê-la com amigos da faculdade na quadra da Independência, achou de um ridículo saborosíssimo Natércia lá no meio agarrada a um playboy que pulava todo errado, como dançasse forró, com tronco e braços e tudo. Mitiko, sua colega, ria irônica, e seu olhar cruzou cúmplice o de Santiago nessa hora. Quando se cansaram, Natércia e o playboy, do vexame que não atinavam, e ela foi ao grupo de amigas conversar, Santiago apresentou-se. Estendeu a mão, olhou no meio de suas sobrancelhas e a trouxe delicadamente ao salão, onde fez como no velho samba, *iniciei meu bailado, no puladinho, no cruzado*. Mitiko admirava.

III

Tempos de glória, neles não se imaginava escrevendo este diário. Naqueles tempos, se falassem a Santiago de manter em casa uma composteira, ignorava, mais que isso, fazia mofa, coisa de ecologistas chatos, capitalismo insustentável. Santiago estendeu a mão a uma surpreendida Natércia que não teve como esboçar negativa àquele estranho no qual reconhecia leves traços do menino tímido de um ginásio ancestral. Até porque o menino tímido a olhava arrogante na terceira visão, como adivinhando suas encarnações anteriores, e a conduzia dócil pela argola do nariz. Natércia seguiu, a mão levantada com os dedos presos na dele, Santiago caminhando de costas sem lhe tirar os olhos, ela feito a cobra que sobe da cesta ao som da flauta. Mesmo de costas ele parou com extrema segurança no exato epicentro da quadra, enquanto o puxador levava um samba de Ribeiro, "Todo menino é um rei".

Com um leve premir de polegar sobre suas falangetas, de modo a sinalizar também parasse, sua esquerda tomou-lhe a mão direita, esticando o braço no sentido oposto das faces, que se colaram. Encostou-lhe o peito no peito, o púbis no púbis, as pernas nas pernas, chapou-se em Natércia. A mão direita espalmada nas costas dizia a ela o que fazer. Não se movia inteiro: unicamente o quadril, num meneio bastante parecido à cópula, passou a fazer leves evoluções, sinalizando que o quadril dela devia fazer evoluções pesadas; ela fez. Começou então gradativamente a descolar o corpo, sempre levando os pés no compassado *dois pra lá, dois pra cá*, que ela seguia. A dado momento o quadril dele seguiu no dois pra lá, mas os pés começaram a fazer derivações poéticas. Cruzavam-se, davam pra trás em vez de caminhar avante, pulavam, estancavam. A pelve seguia o ritmo, Natércia começou a gostar, sua cintura circulava de forma gozosa, seguindo a de Santiago, que sugeria de leve um rebolado. O tronco imóvel, feito Mandrake. O pescoço, enquanto os corpos giravam, olhava ora à destra ora à sinistra, de forma que a tontura não o golpeava. Além de girar começaram a planar por toda a quadra, não tiravam pés do chão, corriam como se com meias no taco encerado. Dado momento ele começou a girar Natércia e ela alçou voo, jogou as coxas na cintura dele que girava só, só Santiago de pés no chão, as pernas dela em hélice. Voltou-a ao plano e saíram evoluindo até que soltou de seu corpo segurando-a por única mão, que determinava uma rotação de satélite, em volta do próprio corpo e em volta dele, gravitada por seu astro-rei. Mitiko olhava de longe, fria e mínima feito um Plutão. Ordenou a Natércia parar e catou-a por trás, dançando colado em sua nádega, a mão na barriga fazendo-a rebolar chinchada como se namorassem público. Poucos casais ainda ousavam dançar, e aos cantos da quadra. Haviam tomado conta da situação. Depois desse dia nunca mais Natércia o ignorou. Mas o fato de nunca mais ignorá-lo não significa tenha sido amorosa sempre. Por vezes foi considerado em negativa, como agora, que ela sabe do joelho; e do diário; e deve mesmo exultar. Coitada, está bem mais avariada que ele. De toda sorte, da composteira, ela não sabe. Não sabe de tudo o que estraga, e que ele tenta reaproveitar, ao menos pra adubo orgânico. Agora o que importa é voltar naqueles tempos de alegria, a noite em que dançaram da primeira vez.

Terem dançado, Natércia de costas rebolando em sua pelve e um aperto mais carinhoso na barriga dela, consentido, fez com que Santiago os julgasse ligados amorosamente desde ali. Finda a dança, quando foram ao bar da quadra achando um descaminho entre o banheiro e caixas de cerveja, dominou-a enfiando mãos onde podia; dali do samba levou-a num motel barato. Era louco por aquela mulher, tanto que fantasiou; o que ela talvez considerasse um encontro furtivo, ficar com um sambista de subúrbio, encher de inveja as colegas, pra Santiago pegou conotação de namoro. *Eu dan-*

cei com você, divina dama, com o coração queimando em chama. Não quis ligar logo na noite seguinte, esperou duas, mas acabou ligando, convidando a acompanhar no baile da Sociedade Humanitária. Levou flores e bombons. Ainda na noite do motel barato fez lembrar a Natércia que ele era aquele seu coleguinha de ginásio. Ela dizia lembrar vagamente.

"Você me olhava de olho comprido do fundo da classe."

O desdém assinalava a ascendência dela, e isso pautava a relação até que alguma atitude da parte de Santiago, um virtuosismo na dança, por exemplo, a subjugasse. Nesses momentos de forra ela se entregava, como naquela noite de gala, mas logo estava ele de novo dominado. Afinal Natércia, a quem não via desde que largou da escola, era agora universitária, terceiranista de administração de empresas, estagiária num supermercado, ao passo que ele um tosco operador de sistema industrial na Companhia Brasileira de Alquimia, a empresa cuja caldeira explodida lhe havia levado o pai antes de ele nascer. A atitude que a subjugou definitivamente foi a exibição do holerite onde, além de um salário não de todo ruim, agregava adicional de risco de vida; de perda de sono; de perda de tempo; de saúde; demais perdas; resultando soma notável se comparada ao salário mínimo que os portugueses do mercado pagavam pela administração de uma empresa que não era da família de Natércia. A CBA pagava bem pela vida de seus funcionários. Santiago convencia-se então que tinha feito excelente negócio em abandonar a escola inútil e nem passar perto de uma faculdade mais inútil ainda; que empresa administraria? Melhor ser administrado. Natércia convenceu-se do mesmo: em idade nubente, rodada nas faculdades e sambas da vida, enxergou boa possibilidade de dedicar sua administração à empresa de um lar custeado por salário proletário que, se não era polpudo, ao menos era digno.

IV

Uma composteira é geralmente feita de duas caixas superpostas, na de cima descartando-se toda a produção de lixo orgânico de uma residência, à qual se agrega terra ou serragem de forma a permitir uma decomposição inodora. A formação de gases se esvai, por não compensar a compressão e armazenamento em escala doméstica, e o líquido (chorume) precipita-se à caixa de baixo, de onde pode ser descartado a cada tanto, abrindo-se uma válvula de purga.

Já um diário é feito a partir de uma velha agenda, onde se deixaram de anotar compromissos de uma vida inválida; de uma caneta ou outro instrumento gráfico; e de lembranças regurgitadas. Estas agendas onde Santiago registra seus dias monótonos são fornecidas, anualmente e ainda hoje, por sua antiga empregadora. Como para manter o ex-funcionário fidelizado, apesar da alforria forçada.

Santiago ingressou nos quadros da CBA por instância do antigo colega de escola, Germano

Quaresma. O Poeta, assim era o instável Germano conhecido naquela fábrica onde todos se tratam por apelidos. Também ele, a dado estágio da juventude, abandonou a ideia de se tornar um universitário sem renda e rendeu-se ao labor técnico numa indústria. Sabendo que o pai daquele jovem em dificuldades — Santiago — havia sido funcionário e perdido a vida em tempos idos num acidente do trabalho, fez gestões com a gerência, que seria bom pra imagem da empresa contratar o filho de um ex-colaborador etc. Quando Santiago reencontrou Natércia, já possuía uma situação estabilizada de industriário, o que, numa Cubatão pautada pela miséria, o fazia julgar-se elite das elites. Tinha carro, apartamento próprio em Santos; até a reformas com porcelanato se podia lançar. O salário bastava para sua vida de pequenos prazeres: gafieira três sábados por mês; no domingo, quando pegava o turno do dia, ia arrastando pro trabalho; quando largava à meia-noite de sábado, podia se esbaldar, acordava tarde no dia seguinte; e quando estava de folga, estava de folga. Ele faltava na Sociedade Humanitária apenas quando obrigado a abrir e fechar válvulas de meia-noite de sábado às oito da manhã de domingo. Tal regime de jugo e alienação duraria ainda alguns anos, até sua aposentadoria por invalidez, causa do joelho, aos trinta e cinco. Bastante jovem, ele poderia, se alforriado são, ter desfrutado uma vida de gafieiras infinitas. Contudo, os estilhaços de bala e rótula misturados em meniscos; e ligamentos; e lembranças impediram em definitivo fazer o único que lhe dava prazer: dançar na gafieira. Assim foi que aposentou, da escravidão e da vida.

Encantada do holerite que poderia reservar o mínimo salário recebido no supermercado pra suas bijuterias, Natércia decretou a paixão por Santiago desde ali. Ele a levou à Sociedade Humanitária na primeira oportunidade, e então *a orquestra tocou uma valsa dolente, tomei-te aos braços, fomos dançando, ambos silentes*. Na Humanitária, reduto de decanos dançarinos, não foi possível dar espetáculo; tiveram que ir desviando dos outros pares, todos enamorados e compenetrados e virtuosos em suas coreografias. Durante os anos de namoro Natércia frequentou a Sociedade Humanitária as mesmas três vezes mensais que Santiago, recolhendo em casa quando ele estava no turno da noite. Casados foi que ela passou a destinar todas as noites de sábado, até aquela em que o marido trabalhava, pra pista e orquestra; de onde surgiram as cismas com Vivaldo, que também dispunha dos quatro ou cinco fins de semana do mês, notadamente aquele sábado em que se abriam e fechavam válvulas longe da Humanitária.

Natércia não tinha razão pra ciúmes ou vendetas mas fingiu-se incomodada com o interesse de Mitiko pelo marido, carta que guardou na manga pro dia em que Santiago reclamou de suas dançadas clandestinas. Nos dias em que estudavam juntas a nissei levava bonsais. Sabia do interesse de Santiago por árvores.

"Eu conheci o seu pai. Seu Tomio."

"Lembro tão pouco dele. Minha mãe nem fala sobre."

A mãe de Mitiko não era oriental. O velho Tomio, a pústula, maltratava-a. Na infância de Santiago cortejou mamãe, para ódio de titia; dava-lhe bonsais de cerejeira em flor. Um homem casado, com uma filha pequena. Titia contava que a mulher e a filha eram prisioneiras. Quando ele morreu chegou a gostar.

Mitiko tratava Santiago por o senhor, uma cerimônia sem justificativa, talvez um costume familiar, ele não era tão mais velho. Encantava-se quando o casal dançava pra ela, pediu pra aprender, Santiago concordou e foram alguns os ensaios, a aluna dando a entender ao professor que se ele quisesse. Mas ele fazia-se desentendido; amava Natércia; hoje não mais.

V

Natércia dizia-se descendente de condes poloneses, sonhava heranças na Europa Oriental; descendia mesmo era de judias polacas. Tinha vindo com a mãe do bairro Cota-95, a exatos noventa e cinco metros acima do nível do mar. Os bairros Cota-200 e Cota-400, formados na encosta da serra como resíduo da construção da estrada, eram plantados duzentos e quatrocentos metros acima, respectivamente. Pode-se dizer, a despeito de morar nas Cotas não representar grande ascensão social, que sua bisavó materna, Katarzyna Gralówna, a Polaca, viveu em nível mais baixo, no porto de Santos, a cujas margens se prostituía no início do século xx. Aquela que viria a ser avó de Natércia, Elizabeth, foi produzida com algum marinheiro europeu cuja identidade acabou difusa. A Polaca não deixou sua filha a suceder na função, preservou-a no estudo até conseguir se casasse com o filho de um português dono de padaria no bairro do Macuco, adotando o nome do marido. O povo da sinagoga, embora renegasse a Polaca, ajudou-a com discrição a criar a filha longe dos influxos do cais santista.

Elizabeth Ferreira, cristã-nova, melhorada a condição social pelo casamento, teve com o português a filha Delfina, mãe de Natércia. O enterro da bisa Polaca foi longe das vistas da sociedade, no cemitério israelita do Cubatão. Ali as judias importadas na guerra eram enterradas com preceito da Lei e na dignidade merecida do povo de Javé; apagou-se a mácula.

Delfina perdeu-se adolescente com um pernambucano de olho claro que carregava caixas no mercado de Santos. O padeiro Ferreira, sob o protesto de Elizabeth, a quem atribuía o sangue prostituto da filha, expulsou-a de casa e foi ela morar no Cubatão com o carregador que então trabalhava na colheita de banana. Começava a industrialização, estava sendo construída a Companhia Brasileira de Alquimia. Logo Pernambuco foi pras fábricas, onde o álcool e as mulheres do Maracangalha fizeram das vidas de Delfina e da pequena Natércia um inferno.

A CBA foi inaugurada no dia 31 de março de 1964. A primeiro de abril daquele ano já operava, em perfeita sintonia com o sistema político e as décadas de atraso que se inauguravam no Brasil. Não se tratava de uma coincidência cronológica, a implantação desse tipo de indústria nos países de terceiro mundo convalidava, com apoio dos militares, a teoria de que "havia muito ainda o que poluir". No absoluto descaso com regras de meio ambiente e segurança do trabalho foi que o pai de Santiago, que trabalhava na mesma empresa, morreu, numa explosão de caldeira, meses antes de ele nascer. Na década de 1980, quando as questões ecológicas viraram pauta e a indústria local foi sucateada, a CBA precisou reformular-se; passou a adotar posturas simpáticas à sociedade, apoio a programas de despoluição, esporte, literatura, aquários com peixinhos, contratação de filhos de antigos colaboradores.

Na construção da estrada que liga Cubatão a São Paulo formou-se o primeiro bairro Cota, e pra lá Delfina fugiu com a filha, sem Pernambuco, a quem largou no Maracangalha; com prostíbulos não queria negócio. Trabalhou fazendo comida para peões, melhorou um tanto, saiu da Cota e veio pro Casqueiro com Natércia adolescente. Foi quando ela estudou com Santiago e ele a amou. Foi quando permitiu, de forma vassala, que ela judiasse dele.

VI

Quando Santiago estava pra ser convidado à maçonaria veio o tiro no joelho e, bem se sabe, ali aleijado não entra. Que nem no céu dos judeus, onde não entra prostituta; nem suicida. Alguém falou que a maçonaria é o judaísmo moderno. As polacas do cais de Santos, aliciadas pelos judeus cafetões pra depois acabarem renegadas na sinagoga, montaram sua fraternidade, sua loja, compraram seu próprio cemitério, onde se pudessem enterrar sem abdicar da fé. Uma certa ortodoxia de judeus e maçons exaspera, nisso a misericórdia cristã parece mais justa; houve casos de suicidas obrigados a suicidar, ou pior, suicidados por carrascos, que quase se viram à margem do Reino, enterrados ao lado do muro. As polacas não caíram na vida por culpa, foram lançadas. Sua união foi um ato de resistência.

As mulheres que descenderam da Polaca fizeram-se unidas por esse mesmo pacto. Natércia era marrana, embora tivesse entrado com Santiago em igreja e tudo, assim como a velha Delfina era judia ferrenha, e a Elizabeth Ferreira que virou cristã nova, dona de padaria que cultuava Adonai escondido do marido, feito sua mãe, a Polaca.

Santiago ia com Natércia visitar o túmulo da bisavó no cemitério do Cubatão; contemplavam no chão a lápide discreta e no céu o fogo-fátuo da refinaria de petróleo. KATARZYNA GRALÓWNA, SAUDADES DE SUAS AMIGAS E FILHA. Lugar tristíssimo, ladeado por velório; canil; delegacia; cadeia; só coisa pesada.

Tirante o macabro dessas visitas, a vida de início de união era feliz. *Saibam todos vocês, o amor que eu tinha por ela acabou. Acabou friamente, pois cinicamente ela me enganou.* Foram anos dançantes, Natércia linda, a cara de índia realçada por aquelas turmalinas-olhos; a roupa colorida; o corpo farto, rosado; polaco; prostituto, que ele tanto amava; hoje não mais. Levou-a pra aperfeiçoar os passos do samba na mesma academia onde não era mais aluno e sim mestre, a Cabos e Soldados, e sentiu o ferrão do ciúme ao ver que ela dançava solta com Vivaldo enquanto ele sambava com Vanda Lúcia, esta uma senhora de cabelo curto e sem atrativo, manicure aposentada que gostava de gafieira. Queria dançar só com Natércia, não queria que ela dançasse com mais ninguém. Mas ela dançou com Vivaldo, e ver o corpo do professor, de calça branca e sapato de duas cores, branco e negro; de camisa listrada; e bigode negro; de cabelo negro; e chapéu-panamá branco de fita negra; aquele corpo esguio e magro e negro sambando com sua mulher polaca; tudo isto o aferroou.

VII

"Sua mulher trocou você por um crioulo. Sua mãe era sapatona e você está aí, aleijado. Aleijado."

"Suma daqui, desgraça."

Cavalo-do-Índio, seu colega de trabalho, foi visitar no hospital, saborear a desdita de Santiago; tripudiar de sua correção política. Nestes tempos hipócritas seria certo pintar em pastel a tela da vida, usando palavras como afrodescendente; homoafetiva; deficiente físico, mas as coisas são o que são, e o Cavalo, acupunturista do mal, sabia onde alfinetar o inimigo. Quem vive história de discriminação não se pode dar a eufemismos. Santiago, por exemplo, ora aleijado, era filho de um casal de mulheres. Na fábrica tentaram ensinar a odiar judeus na mesma proporção que desprezar homossexuais; e negros; e mulheres; maçons também. Ele abominava o preconceito, coisa de espíritos menos evoluídos feito o Cavalo-do-Índio. Os novos operários são preconceituosos, arrogam-se o status de classe média. Querem pertencer. Nada o destacava no universo suburbano, onde eram todos proletários. O pai tinha sido caldeireiro na fábrica até morrer numa explosão; a mãe costurava, grávida dele. Filho único, por pouco não se perdeu na gestação. Enquanto a caldeira explodia lá fora com seu pai, ele na mãe implodia. Devido à dificuldade de gestação ela fez promessas reiteradas ao santo irmão de Jesus Cristo, Tiago Maior; enviar o umbigo da cria, tão logo caísse, pra ser guardado numa coluna do templo em Compostela; batizou-o Santiago. Quem levou a tripinha pra Espanha foi a irmã do pai, unida à mãe por alguma razão amazona parecida à que uniu toda a linha materna de Natércia. Tia Mercedez voltou de viagem jurando ter cumprido o prometido, e criou-se Santiago na liturgia católica, e abraçou a fé cristã por amor de mamãe e titia. Tia Mercedez e mamãe; aquele relacionamento das duas; o povo da rua comentava.

"A mãe do Santiago, se soube que andou alguma vez com homem foi por causa de ele ter nascido."

Não gostava de especular essas coisas, nutria por mamãe e por titia o mais profundo respeito. Não julgava, era cristão. Titia falava que Santiago era um menino doce. Doce na essência, porque na vida aparentava rude, seco igual mamãe; a amizade delas garantiu amor para aquela existência. Eram pouco ligadas até a morte do papai. Mamãe fechou-se de vez pros homens depois de a caldeira explodir na Companhia; encontrou na cunhada marginal, também alijada da família, a alternativa amorosa. O pessoal comentava, Santiago achava natural. Pra crianças não há convenção, que importa se formou um conceito de família com papai e mamãe, ou se houve uma referência só materna. Duas mães, ou dois pais. Amor de casal tinha.

Depois da aula na ACSPM em que Natércia foi conduzida pelo bailado de Vivaldo, pediu-lhe que nunca mais dançasse com ele, de especial em lugar público, daquele jeito o desmoralizava na Humanitária. Ela riu do ciúme, no qual não via fundamento, e exortou-o a ser evoluído; respeitar sua condição feminina; universitária etc. Operário, homem simples querendo agradar a mulher, Santiago concordou que ela aprimorasse sua técnica dançando com o professor ali na Academia. No baile, por uma regra social que lhe parecia muito justa — eram casados —, ela só poderia dançar com ele.

"Não, meu amor, não é ciúme. É que não fica bem mulher casada dançar com um que não seja o marido. Também não vou tirar outra dama pra bailar, só você. Respeite isso, não me faça apelar pra ignorância."

Ela ria, na bondade, a fazer crer que os ciúmes eram fruto de ignorância, que se ele fizesse faculdade e convivesse com pessoas de mente aberta não se pegava em coisas do tipo.

Você só dança com ele e diz que é sem compromisso. Natércia, por puro coquetismo, admirava dançar com outros homens, um costume tirado dos romances antigos, que lia, e que Santiago ignorava. Explicava que o coquetismo, o charme e *a dor e a delícia de ser o que é* fazem parte da essência da mulher, que ela não nascera mulher, se havia tornado, que ser mulher era um processo. Ele ouvia aquelas coisas e respeitava a opinião de Natércia, por amor e por submissão, esta última corolário do amor, afinal quem tinha cultura e refinamento ali era ela. Tornou-se mulher por um processo social ou nasceu assim; quem sabe seria biológico.

Ela concordou de só dançar com outro na ACS-PM, se era pra vê-lo feliz. Em todas as vezes que foram juntos no baile da Humanitária ela dançou só com ele, como devia ser. Foi mais tarde que Santiago veio a saber que ela ia ao baile também quando, naquele sábado específico, ele não podia ir; e sambava.

VIII

Os gatos produziram bastante serragem, vai quase cheia, hora de levar pro jardim. Encostando na lateral sente a composteira quente; resultado da fermentação das cascas de banana, Santiago fez torta ontem, mais pés e pelancas de frango, fez torta de frango também. Não come as tortas, um pedacinho ou outro, cozinha mais é pra ter subproduto que fermentar, leva tudo pros mendigos na praça se esbaldarem. Mudaram pra lá faz pouco, acossados por um matador a soldo dos comerciantes do entorno da igreja em cuja marquise usavam dormir.

A vida de Santiago transcorreu doce nos anos de recém-casado, como se a lua clareasse um salão de danças ao som de violões e clarinetas de samba-canção. Chegaram, ele e Natércia, a ganhar o concurso de maxixe na Humanitária, dançaram embolados, as cinturas em rotação planetária, *O gavião malvado bateu asa, foi com ela e me deixou.* Não contava era de encontrar um gavião calçudo, um malandro de navalha e camisa listrada pra lhe roubar a mulher.

A rotina de fábrica chegava na beira do enfadonho, mas nem importava, só pensava de sábado ir pra gafieira com Natércia. Seguiam na ACSPM não pra aprender, que eram diplomados, mas para dançar mesmo em dia útil, tinham estatuto de professores. Por conta desse estatuto foi que ele teve de suportar Natércia dando aula pros neófitos, e nem o fato de poder esfregar nas moças que iam aprender, e que demonstravam uma predisposição agradável pelo esfregamento no professor, mitigava o sofrimento que era ver Natércia esfregada. A cabeça dizia pro coração que a mulher colhia idêntica predisposição da parte dos alunos, e parecia gostar.

O enfadonho da rotina fabril era vez em quando superado por uma discussão com algum colega, quase sempre o revanchista e maledicente Cavalo-do-Índio. Uma vez Santiago foi obrigado a relatar um deslize no turno anterior; não relatasse, a bomba explodia-lhe no colo. Cavalo-do-Índio magoou-se, xingou-o alcaguete, cobrou uma solidariedade que Santiago não podia emprestar naquele momento, era daquelas falhas que não há tapete onde se enfie debaixo. Ou relatava que achou a unidade daquele jeito ou assumia.

O apelido Cavalo-do-Índio era por conta das manchas em rosto, peito e braços, feito aqueles cavalos malhados dos filmes de faroeste. Além das manchas tinha focos de psoríase. Odiava a alcunha, por isso pegou. No meio proletário as pessoas não usam ser politicamente corretas, o sistema é bruto; o apelido tem por finalidade aniquilar um concorrente. Por exemplo, o Ponto-e-Vírgula, instrumentista manco devido a uma poliomielite na infância; este nunca Santiago quis humilhar, intuição, era como antevisse seu destino.

"Aê, Ponto, vai ter concurso de dança na Companhia. Este ano você ganha do Coisinha."

Depois do episódio com o Cavalo, feito numa composteira a inimizade foi fermentando, Santiago sabia que na primeira oportunidade ele devolveria. Mas a próxima oportunidade foi novamente franqueada por Cavalo, Santiago o rendia. Observada nova falha em sua operação, que resultou em prejuízo à produção, o que Santiago, óbvio, não ia assumir. Relatou. Na manhã seguinte, além de nova sessão de xingamentos, o Cavalo fez uma insinuação:

"Se você tivesse na gafieira o cuidado que tem na operação daqui da unidade podia relatar as dançadas de sua mulher."

Cavalo-do-Índio, ele próprio uma vítima do preconceito, era um exemplo clássico da filosofia corporativa, destacava pontos fracos nos rivais, explorava a humilhação, a redução da humanidade alheia. Devolvia pro mundo a hostilidade com que lhe acentuavam o problema de pele, não hesitava em salientar defeito dos outros; defendia-se. Para se viver em harmonia na sociedade tais tipos deviam ser extirpados, pensava Santiago. Sem culpa, desejava-lhes a morte. Não teria dificuldade em matar, ainda hoje, e uma coisa era certa, nem numa composteira seus restos mortais seriam aproveitados, tão baixa sua qualidade.

Da última vez que tinha ido ao jardim da pracinha levar composto orgânico de meses ao pé da paineira, surgiram ossos que o mendigo logo estranhou. Anéis de tíbia serrados.

"Comi mocotó faz dois meses."

Explicou mal e mal, achou melhor recolher os fragmentos de osso e levar de volta, enterrá-los em lugar distante, o mendigo podia dar de conjecturar. Sua composteira era processo íntimo, não tencionava dividir, nem com alguém mais alijado do mundo que ele próprio. Depois desse dia, nas ocasiões de despejar o conteúdo, buscou fazê-lo sozinho. Ia ao pé da paineira, enchia os pequenos vasos de sementeira escondidos num arbusto, alguns com brotos de jaca e tangerina poncã, semeava novos vasos, levava os brotos a jardins públicos, onde replantava as arvorezinhas, ou trazia pra casa onde as criava feito bonsais. Tinha já notável coleção.

Matutaria mais tarde sobre a fala do Cavalo mas, naquele momento, antes de se lançar a matutar, colou próximo e deu-lhe formidável cabeçada no meio da testa. Cavalo caiu sentado, mesmo quando se recobrou e levantou deixou de atender o chamado pra briga. Tinha medo de perder o emprego, precisava dele. Santiago também, mas não aguentava desaforo, sangue espanhol, além de ter a certeza que o Cavalo afinaria, precisava do emprego e já contava a desvantagem da falha operacional no currículo.

"Levanta, lixo, vem apanhar mais. Repete o que falou."

"Suma daqui, nós vamos ser os dois mandados embora."

Catou-o pela gola, ainda tonto da cabeçada.

"O que você está falando de minha mulher?"

"Vá perguntar pra ela. Ela que estava dançando grudada com o crioulo na gafieira ontem. Todo mundo viu."

Respirou fundo. Deu uma joelhada nos testículos e mordeu-lhe a orelha direita com força, quase saboreando o sangue, que de fato escorreu depois que o jogou no chão. Cavalo levantou e foi pro vestiário como não tivesse havido nada; não podia perder o emprego.

IX

Santiago foi feliz com Natércia; dançavam aos sábados na Humanitária, às terças e quintas na ACSPM. Quando tirava férias na Companhia viajavam. Dançaram no Bar Avenida, em São Paulo, na Estudantina e no Elite, no Rio, nos forrós das capitais praianas do Nordeste. Ele amava aquela mulher quando íntegra; hoje não mais, o amor vai diminuindo à medida que ela própria diminui.

Na composteira os cabelos não dissolvem, da última vez que levou o composto orgânico à praça no pé da paineira que viçava cada vez mais teve pânico; precisou se livrar dos cabelos antes que o mendigo visse e viesse conjecturar. O homem perde tudo, até a dignidade, como os mendigos, mas a curiosidade fica, é uma praga.

"Morando aqui desde quando, Altino?"

"Desde depois que começaram a matar os companheiros lá na igreja. O polícia, o Vivaldo, matava pros donos de loja. Aqui não tem loja perto, ficamos sossegados."

Os vasinhos viçam também, os bonsais engrossam os troncos, alguns dão tangerinas minúsculas. As jaqueiras levam vinte anos pra botar fruto, será uma lindeza quando tiver jaquinhas. Terra fértil, adubada com o que de melhor há em dejetos, coisas largadas ainda com utilidade. Só os corpos de pústulas feito Cavalo-do-Índio ou Vivaldo é que nem pra adubo prestam. Não se pode macular a composteira com matéria sórdida; no tanque de ácido ficam melhor, dissolvem.

Alfinetado pelas dúvidas que o Cavalo havia plantado, Santiago correu a assuntar. No reator foi ter com Germano, o Poeta, recém-promovido a operador de nível II. Haviam trabalhado juntos na unidade, Santiago foi seu discípulo, ocupou seu lugar quando ele foi promovido.

"Dei um cacete no Cavalo-do-Índio agora na rendição. Veio me falar merda."

"Devia ter matado, aquilo é um verme."

"Mas o que ele falou me deixou preocupado, posso confiar?"

"Diga lá, morre aqui."

Poeta era doido, mas decente, julgava Santiago. Lia, explicava as coisas que Natércia às vezes falava, dos romances lá que lia. Contou suas suspeitas.

"Na boa, Coisinha. A peãozada anda comentando, parece que tua mulher anda mesmo indo pra gafieira na tua zero hora. Eu nunca que ia te falar, mas já que pergunta. Pensei que soubesse."

Coisinha de Jesus era seu detestável apelido na fábrica, alusão a um dançarino da televisão. Santiago gostava do Poeta, era um sujeito culto, de leituras. Depois de uns meses acabou explodindo a fábrica, mas gente ótima. Comentava-se que às vezes tinha uns ataques, transformava-se em outra pessoa, como se um espírito o possuísse, apossasse de seu corpo. A explosão houve quem creditasse ao encosto; com encosto ou sem, quem acabou demitido foi o próprio Germano. A amizade selou no treinamento, quando o promoveram pra operar o reator; uma temeridade. Foi um bom mestre operacional, nos intervalos conversavam coisas da vida. Encontrou nele uma reciprocidade interessante, a mulher do Poeta era também de nível universitário, estudava Letras. Mas este contava com uma vantagem sobre Santiago no lar: entendia de livros, o que o nivelava à esposa. Santiago, nas culturas de Natércia, era uma nulidade.

A composteira leva cerca de dois meses pra biodigestão dos materiais a cada partida que lá se vai depositando: tudo de orgânico; cascas de fruta; pele de animais; restos de comida; papéis higiênicos usados, tudo que apodrece e vira adubo. Ossos e pelos não degradam nesses dois meses, chegam íntegros no jardim da praça, é preciso dar-lhes fim. Certa vez foi metade de um maxilar superior com belo canino e dois incisivos, mais molares chumbados de amálgama preto, um sendo prótese. Natércia tinha dentes tão bonitos, sua lembrança vai sumindo do coração de Santiago aos pedaços.

A maioria dos ecologistas sustentáveis que usa possuir uma composteira doméstica adiciona porções de terra ao material descartado. Embaixo um coletor de chorume recolhe a água azeda que vai largando das carniças, joga-se na privada e dá-se a descarga. Na sua composteira Santiago não usa terra, dispõe de material melhor: serragem. Compra pros gatos uma prensada que ao contato da urina dissolve. Todos os dias peneira a caixa de necessidades dos gatos, reaproveita os grânulos de serragem; o pó de madeira com urina e fezes joga na composteira; absorve bem o chorume e os materiais em decomposição. Adquiriu os dois gatos, Chantilly, o branco, e Morcego, o negro, quando Natércia abortou fetos gêmeos.

X

Santiago chegou em casa cego de ódio hispânico no dia que o Cavalo-do-Índio soltou seu veneno. Catou Natércia pelo braço, esfolando, jogou no sofá e obrigou a dar explicação do que já sabia.

"Eu fui sim, precisava de vida. Tem nada demais, só fui dançar, qual o problema. Não sou sua propriedade, sou sua mulher e isso enquanto for bom pra nós dois. Achei que dançar curasse da tristeza que é ficar aqui. Não quero que o bebê sinta a minha tristeza, dizem que isso afeta a criança. Dancei e vou continuar dançando, tenho a consciência limpa."

Um filho, era a surpresa que ela fazia; vinham querendo. Relevou a escapada, mostrou-se magoado mas capaz de perdoar, devia ter contado, entenderia. Convencionaram, para que a cria se beneficiasse dos bons influxos da dança, que ela podia seguir bailando quando ele trabalhava, mas só na Cabos e Soldados, nas aulas de terça e quinta. Por favor não fosse à gafieira no sábado, que pegava mal.

"Você liga demais pra opinião alheia. Como pode se deixar levar pelo que um idiota preconceituoso fala? Eu sou a sua mulher, devia confiar em mim. Mas, seja como você quer, não vou mais no baile."

Enquanto Santiago luta com o tédio, em franca desvantagem, os gatos ressonam. A casa, três dias sem Marcleide, está caótica, essa serragem prensada é boa, não deixa cheiro etc., mas os animais carregam nas patas resíduos de pó que largam por todo o canto. A cama de Santiago por especial, local em que adoram dormir, dizem que se alimentam de energia negativa, é uma verdadeira praia de areia com xixi de gato.

Nos meses em que sustentou a gravidez Natércia ficou estranha. As mulheres ficam estranhas na gravidez, mais sentimentais, mais voluntariosas, mais mulheres. É um processo biológico. Ela tinha episódios depressivos que alternava com eufóricos, pedia recorrentemente que ele a acompanhasse ao cemitério israelita, pra ver sua bisavó Polaca. De onde vinha aquela afinidade com uma ancestral nunca mencionada não sabia. Judaísmo. Um pé de jaca florava belamente sobre o túmulo discreto, Santiago pensou se o corpo daquela polaca alimentava a árvore. Queria ver seus bonsais florando assim.

Não encontra toalhas, nem a escova com que pretendia lavar a caixa de serragem dos gatos. Telefona a Marcleide. Atônito escuta, em vez do habitual trim, um simulacro de música sertaneja; alegre; sanfonada; dançante e absurda. As operadoras fazem de uma forma que quem ligou seja obrigado a conhecer o gosto do interlocutor. Personalidade, liberdade de escolha etc.

"Alô."

"Em primeiro lugar me faça o favor de trocar essa música nojenta e colocar uma campainha de gente normal nessa porcaria."

"Bom dia pra você também. Só liga pra me esculachar, é?"

O bom humor vem só da parte dela, Santiago fala sincero. Marcleide o irrita, sua existência. Pobre de direita. Outro dia deblaterava contra programas sociais do governo. Perguntada a razão de tanto ódio, sendo pobre, saiu-se com a resposta que era pobre mas não se encostava, antes trabalhava duro, e que não se conformava de sustentar o que considerava uma cambada de vagabundos que só sabia fazer filhos. O patrão lembrou-a que não era registrada, não recolhia um ceitil maldito que fosse à previdência, nem fundo de garantia, nem pagava imposto algum e que, portanto, não era ela quem sustentava os vagabundos.

Marcleide dizia-se empresária de si mesma, não uma escrava terceirizada. Prestava serviços semanalmente a Santiago e a mais cinco solteirões, profissionais liberais e pequenos empresários. Ele era o único aposentado por invalidez, e lutava sozinho por catequizá-la à esquerda contra quatro empedernidos direitistas, mas aquele cérebro tendente a se moldar por amostragem seguia a orientação política dos rivais. Ela odiava os quadros, os discos e, particularmente, os livros de Natércia que tinham ficado, sustentando cínica que jamais Santiago leria aquilo tudo; no que tinha razão.

Explica onde estão os objetos perseguidos e ele volta sem ânimo ao quarto, por ver seu amor que vai aos poucos embora.

XI

Foi com uns cinco meses de gravidez que descobriram, pelo ultrassom, dois fetos. Natércia acordava assustadíssima no meio da noite, gritando. Buscava tranquilizá-la, que tudo ficaria bem. Ela só dizia:

"Você nunca vai entender."

Essas falas mais despertavam uma incômoda suspeita, somada aos silêncios sobre sua ligação com a avó prostituta, suas idas ao baile, as danças com Vivaldo. Uma vez, dançando com Cremilda, a aluna médica que se jogava pra ele na ACSPM, esta chamou a atenção pra um fato:

"Seus bebês vão ter olhos claros."

"Como sabe?"

"Ora, você tem e Natércia também. Só se fossem filhos de Vivaldo."

Vivaldo conduzia Natércia, ao lado, nos passos de um bolero romântico, os rostos colados. Santiago mordia-se; mas teve presença de espírito, parou a dança, como alegrado por uma boa notícia, e gritou no salão:

"Olha, meu amor, o que descobri: nossos bebês vão ter olhos azuis."

Sentiu-a incomodada e adivinhou-a em pânico ante aquela sentença.

Os dias têm sido de dificuldade pra levantar, dormir Santiago não consegue, tampouco reagir. Algum prazer de olhar o teto, ficar só, sem falar, sem ouvir, sem contato com ser humano, eis que desconsidera a humanidade de Marcleide. Só alguém inumano pra crer que a culpa da pobreza é dos pobres, pra aguentar esse cheiro de carniça e ainda crer que tudo se deve exclusivamente à composteira. Movido por um impulso de sobrevivência, contudo, sai da cama em que uma inércia doce tenta mantê-lo colado. Nos dias de frio é pior, mas é justo nesses que precisa levantar. Vem observando com atenção esta tendência ao imobilismo. Seu corpo o boicota, quer seu extermínio inerte. Logo a mente, que não é alma, assume o controle e força o corpo a fazer o que não deseja: mover-se.

Natércia buscava confortá-lo de um complexo de inferioridade cultural. Ensinava, buscava que lesse seus romances. Frustrada de tanta resistência tentou os filmes, o que pareceu mais fácil. Assistiam juntos a seus prediletos, películas cultas. Foi quando Santiago pôde mitigar bastante seu ódio infantil a John Travolta, num filme de Tarantino em que ele dançava, não como no velho *Os embalos*. Depois Natércia mostrou Fred Astaire, Gene Kelly e os Nicholas Brothers, e tudo isso contribuiu para que entendesse não ser uma prerrogativa afro-latino-americana, ou proletária, e muito menos nacionalista, o molejo. Travolta era melhor que Vivaldo, e saber Vivaldo superado o confortava. É do homem dançar, não de uma nação. Com Natércia ele dançou uma vida toda, hoje não dança mais. Ela engessou e o amor apodreceu.

A própria inapetência que sugere ler um dos livros no sofá aveludado, ele a deve combater mentalmente. Decide procurar Mitiko, quem sabe aproveite aquele resto de amor na composteira de sua vida. Ela formou-se em administração. Não sabe o que leva alguém a frequentar esse curso sem ter empresa ou perspectiva de empresa, mas enfim. O estaleiro deixado pelo pai faliu bem antes de ela entrar na faculdade. Foi também estagiária no mercadinho dos cutrucos, quando Natércia saiu, ficou lá, ganhando aquela miséria e, se não obteve grandes subsídios de administração negocial, a administrar uma relação doentia aprendeu com proficiência. Depois que Natércia se foi, ela insinuou. Não a amava, só amou Natércia, e mesmo assim hoje não mais, mas comovia-lhe aquela dedicação de gueixa. Queria cuidar dele.

Propôs verem-se em fim de domingo, acordar segunda dispostos. Teve a vaga esperança que refugasse, ia dormir feliz por ter tentado sem a obrigação de realizar; mas ela aceitou. Santiago atravessou a cidade pra encontrá-la, não a traria em casa. Conheceu tardiamente os encantos da mulher oriental. Mitiko era mestiça, havia em seu nome de família um Souza de mãe brasileira, o que deu à pele aquela textura própria da ilha de Okinawa, dizia ela, onde os japoneses são morenos. Ela se sentia nipônica, honrava a linha paterna, tão diferente de Natércia.

Mitiko Souza Fukumaro, melódico nome, desdobrável, ele inventa anagramas pornográficos, vê-a recitando. Não obteve uma performance das melhores. Não teve como se sobrepor, cansado que estava, ao complô do corpo e da alma; entregou-se. Foi então a surpresa, Mitiko sentiu a tristeza entranhada na carne de Santiago, e foi delicada com ele. As gueixas são prestativas com seu homem, por que demorou tanto a entender essas coisas? Porque tinha que conhecer uma consideração gratuita e doce num momento da vida em que de nada mais lhe valia a consideração humana.

Santiago devolveu Mitiko bem tarde à mãe viúva. O encontro deu-se em estabelecimento apropriado, não convinha levá-la em casa, o cheiro. O trajeto de volta foi melodioso, ele estava alegre, tinha satisfeito o instinto e sido amado, ou pelo menos considerado, o que já é bastante. No rádio do carro tocaram músicas que detestaria nas manhãs de dia útil, agora nelas encontrava sutilezas. Um hit dos Bee Gees ele chegou a cantar junto, esboçando uma dancinha pusilânime, os antebraços rodando feito carretel, um se sobrepondo ao outro, no sentido dos ponteiros do relógio e depois ao contrário. Esse movimento ridículo era acompanhado de um balanço do tronco pra esquerda e pra direita, impulsionado tão somente pelo quadril, numa rebolada que acompanhava o contrabaixo dos Brothers Gibbs. Quando um homem de senso se pega gostando de Bee Gees algo de anormal ocorre — esses picos de alegria injustificável ante o bizarro costumam seguir-se de buracos negros dificílimos de sair. Recorrente o ataque dessa nostalgia da dança. Punha-se a dançar sentado, como estava no carro, sentado esquecia não ser possível se manter equilibrado com aquele joelho moído, aquela perna dura. Detestava-se no momento seguinte, tinha dançado, não dançava mais. Tinha amado Natércia, hoje não mais.

Com seis meses de gravidez ela perdeu os gêmeos. Foi necessário um procedimento funeral, estavam formados. Santiago observou com estranheza o fato de que um era escuro, outro alvacento. O médico explicou, entre consolos que mecanicamente tentava empreender, que o primeiro tinha escurecido por asfixia, sangue pisado, problemas da má gestação. Natércia mostrava-se inconsolável; depois disso, como não mais iriam ter filhos, ele comprou os gatos por alegrá-la. Um preto, outro branco.

XII

Na Companhia, contou o Poeta, uma vez que Santiago autorizava tal intimidade, andavam falando coisas. Que um filho era dele, o branco, outro de Vivaldo. Como o cio das cadelas que, copulando com mais de um cão, parem filhos de pais diferentes na mesma ninhada. Embora fosse amigo Santiago achou que podia tê-lo poupado saber do comentário, já que poupou saber seu autor. Negou-se a revelar quem andava falando a barbaridade, tinha medo que Santiago perdesse o controle. Preservado o fofoqueiro, a explosão de ódio que o Poeta temia acabou por acontecer no próprio Vivaldo. Na primeira oportunidade que levou Natércia à ACSPM, a ver se a livrava da tristeza do aborto, achou que o bailarino foi carinhoso demais com ela, chegando a uma permissividade de acariciar-lhe o ventre. O sangue subiu às vistas, acercou-se dele e desferiu uma cabeçada entre suas sobrancelhas. Vivaldo caiu. A assembleia parou.

"Isso não vai ficar assim. Te pego na curva, malandro."

"Pegue agora, então."

Aproveitou Vivaldo caído, chutou-lhe o maxilar. Depois sentou em sua barriga e ficou a lhe moer o rosto, desacordado que ele estava. Só havia mulheres presentes, até que descessem e chamassem os policiais militares de baixo do prédio Santiago pôde desfigurar bastante aquela cara de rufião. Logo os meganhas o imobilizaram, contudo; Vivaldo tinha sido um deles, expulso por envolvimento com traficantes e acusações de chacina de indigentes. Conseguiu o emprego de professor de dança na corporação, tinha influência e amigos lá, de qualidade não superior à sua. Santiago sentiu que cedo ou tarde o "pegariam na curva".

Foi a última vez que voltaram juntos pra casa. Na portaria do prédio passaram por Bidgis, que, vendo o clima nada amistoso, nem cumprimentou a chegada do casal. Natércia foi embora e ausentou-se muito tempo. Desde então aparenta viver sozinho no apartamento. Ele e a composteira.

Foi o próprio Santiago quem apelidou Natanael José da Silva, o porteiro, de Bidgis. Dizem que quando o apelidado se revolta é que o apelido pega; nem sempre. Santiago evitava confusão, se alguém não gostava de ser chamado de uma forma qualquer, ele não usava. Menos na Companhia, lá só se chamavam os colegas por apelidos, uma regra velada; ainda assim ele se dirigia ao Ponto-e-Vírgula por Augusto.

Natanael gostou de ser comparado nominalmente a um astro internacional, como se Bidgis fosse pessoa única. Tinha a idade de Santiago e conhecia Bee Gees, soube de John Travolta e seus embalos de sábado. Usava cabelo comprido e penteado pra trás, armado, o que lhe dava um aspecto daqueles gatos heróis de desenho animado. Era alto e magro, bastante parecido com aquele Bee Gee da voz mais fina. Não resultava efeminado, tal cabeleira era rusticizada por uma barba sempre malfeita, igual ao integrante dos Bee Gees, última das semelhanças entre modelo e resultado. No mais, um dente de ouro e óculos tipo Ray-Ban, mesmo de noite. A corrente, de ouro pra combinar com o incisivo, no peito aberto da camisa de manga dobrada, era um mero ornamento, tão acessória quanto a fivela — prateada — que sobressaía na calça preta. Cantava numa banda de forró dito universitário, a par da escolaridade fundamental feito a de Santiago. Uma espécie de cafetão, ou cabeleireiro de bairro, aquele tipo que não atingirá a elegância na masculinidade, posto que esta se fundamenta na discrição. Pela ininteligência desse princípio é que todo vaidoso tem um quê de efeminado. A um homem bastam unhas limpas e cabelo aparado, pensava Santiago. Na dança, mexer tão somente o quadril, o tronco firme.

Abandonado por Natércia, não deu recibo de ruína. Pra Bidgis fazia-se de contente, passava assobiando na portaria, ia ao bar buscar cervejas, ao mercado fazer compras, cozinhava. Trabalhava normalmente, agora não mais ligando pra comentários, afinal tinha feito justiça, expulsou de casa a traidora, era respeitado em silêncio pelos peões. Com um absenteísmo de singelas duas semanas, voltou ao baile da Humanitária. Dançou toda a noite com Cremilda, a médica, que fez de tudo pra que a levasse em casa, mas ele refugava; agarrou-se em Vanda Lúcia, a quem tinha prometido carona. Foi Vanda quem contou:

"Vivaldo estava no baile, quando viu você se mandou."

"No que fez muito bem, porque tantas vezes que eu encontre ele vai apanhar na cara. E de mão aberta, que rato apanha de mão aberta, só se bate de mão fechada em homem."

"Santiago, você fique esperto. Aquilo é vagabundo velho, não é à toa que foi polícia. Vai te tocaiar qualquer hora, não dê bobeira."

Eu não falo mais com Talarico, Talarico roubou minha mulher. Vanda Lúcia era maternal com ele. Bem mais velha, aquele cabelinho cortado, o corpo de bujão, lembrava mamãe um pouco, faltava-lhe feminilidade onde sobrava doçura. Abandonada por um marido investigador, tinha ódio de polícia e, se suportava Vivaldo no ambiente de trabalho, a ACSPM, era por necessidade material. Também lembrava um pouco Tia Mercedez. Mamãe e titia se pareciam, na verdade, numa relação especular.

O bonsai de jaqueira florou, e as flores têm o perfume de Natércia. Feito a jaqueira do cemitério israelita, que faz brotar o perfume e as cores da Polaca. Que bom adubo é Natércia.

XIII

Imagino-te jaqueira; postada à beira da estrada; velha; forte; farta; bela; Senhora...

Santiago Hernández gosta de jaca. Estudando botânica pra melhorar os bonsais foi que descobriu, jaqueiras vieram parar no Brasil por graça europeia, o Imperador as trouxe. São frutas nativas de um Oriente escondido, Cisjordânias, Canaãs, paraísos do povo de Deus. Natércia tinha o perfume de jacas maduras que tanto amava; amava o perfume, Natércia não mais. Árvore sagrada, a jaqueira demora a dar frutos, mais de vinte anos, talvez enxertadas ou com alguma técnica botem jaca antes. Tentou enxertar Natércia, mas ela abortou. Com o bonsai pode dar certo.

Há muito preconceito com jaca. Não falta, mesmo neste Brasil plural e generoso com todos os povos, quem as queira dizimar. Dizem os compêndios de botânica que no Rio de Janeiro estuda-se eliminar as jaqueiras, na mata acabam tendo efeito predatório, os frutos caem e germinam sementes que reproduzem indiscriminadas e tolhem as demais plantas de existir. Pobres criaturas, pelo simples fato de existirem incomodam as demais, sempre que se fazem notar propõe-se um holocausto, dar cabo da raça. Que mundo.

Cremilda foi quem falou, "A jaca do cemitério é mais doce". Dos tempos em que visitou o israelita, no Cubatão, com Natércia, pra ver a avozinha, Santiago não pensava de provar uma daquelas jacas; tinha nojo. Bem depois foi que deu vontade. Estimava viver pra ver os bonsais gerando jacas do bom de seu amor com ela. Aquela florada era precoce, devia-se ao hormônio que aplicava no bonsai, não devia vingar. Pra vinte faltava muito, não fazia cinco anos desde que Natércia começou a adubar a terra. As pequenas poncãs eram lindas, pareciam bolinhas de ouro, como viçavam as folhas cítricas, verde-escuro, o tronco forte, enrugado. Terra boa, nem se diria terra vegetal, tanto de animal havia no composto.

Uma vez, quando vivia Natércia, Mitiko veio visitar. Foi ela quem deu o primeiro bonsai, trouxe de presente pra Santiago a minicerejeira em flor. Que nem o velho Tomio, quando queria seduzir ofertava aquela arvorezinha. Embora sua amiga fosse Natércia, e Natércia fosse dada a flores, ela trouxe pra Seu Santiago, fez questão de frisar.

"Trouxe pro senhor."

Mitiko o chamava de senhor; por mais pedisse que tuteasse, enquanto Natércia esteve jamais o fez.

Deferência a um mestre Tao, seu paternal samurai, embora nem houvesse um delta considerável entre eles. Contudo, após Natércia partir, tratou-o por você; e mais.

Foi também do tempo em que viveram juntos no apartamento, Santiago e Natércia, que ele conheceu o Esquisito. Acompanhava o pedreiro que contrataram pra aplicar no banheiro um piso de granito. Piso de granito era caro mas, sendo minúsculo o banheiro do apartamento, e como a banheira de hidro que tinham adquirido tomava a quase totalidade do chão, permitiram-se esse luxo. Beneval, o pedreiro, era um senhor respeitável; juntou panos com a mãe do Esquisito, seu enteado e eventual ajudante. Tentava tirá-lo do crime, impondo-lhe uma função subalterna e árdua, que mais o aproximava, por aversão, da via perdida. Trabalharam na folga de Santiago, que ficou conversando com eles, falava sua língua proletária. O Esquisito ostentava uma tatuagem de palhaço com chapéu de cinco pontas no braço esquerdo. Em cada falange dos dedos da mão uma figura diferente: caveiras, escorpiões, índias, palhaços pentagramáticos. Símbolos de quem matou policial, ou ao menos se dispunha a tanto.

Natércia acordou na noite do aborto gritando, a barriga dura, espalhando água pela casa. Pedia socorro. Desgraça naquele dia imperou; dançando na ACSPM, mais cedo, ela havia plantado a mão na cara de Cremilda, algo falado ao ouvido num canto da pista de dança, depois de Cremilda se apartar de

Santiago, e Natércia de Vivaldo. Boa hora pra apresentar a carta que trazia na manga. Dançava ainda barriguda. Não deu tempo de chegar no hospital, o feto negro pulou ainda no táxi. O branco foi sacado do ventre já morto.

"Foi uma eclampsia, talvez provocada por algum trauma. Não importa agora, não tem mais jeito. Vocês são jovens, podem tentar nova gravidez. Ela só precisa de repouso e consolo."

"Doutor, eu só tinha uma curiosidade. Era possível saber a cor dos olhos dos bebês?"

"Claro que não, que ideia. A íris dos fetos não tem cor definida. Vá pra casa e tire essas ideias mórbidas dessa cabeça, meu filho."

Jamais soube se o veneno de Cremilda tinha procedência.

Compra sardinhas numa banca de peixe em frente ao mercado. O peixeiro pergunta se quer que limpe, ele recusa. Interessa-lhe recolher escamas e fatos de peixe, e cabeças e espinhas, pra alimentar a composteira. Nem gosta de sardinha. Os gatos sim. Limpa duas dúzias, recolhe à composteira o refugo, os filés que obtém os põe imersos no sal grosso. Comprou ainda um saco de cebolas pequenas, que descasca e cozinha. Depois de secos os filés, recolhe a água que o sal fez minar, mistura no chorume, lança à privada e descarga. Os filés secos enrola nas cebolas, prende com palito e mergulha em azeite e vinagre. Leva os rollmops pros mendigos na praça tomarem com um litro de aguardente, merecem uma iguaria às vezes. Talvez assim o deixem em paz com os dejetos no pé da paineira.

Sem ligar ao cheiro de cebolas podres com peixe decomposto, senta no sofá aveludado. Chantilly fiel, a seu lado; Morcego escondido. Alimentam-se de energia contrária, o gato branco quase todo o tempo o acompanha, Santiago fica mais deprimido que maníaco. Se em estado eufórico é Chantilly quem some, daí assenhora-se dele Morcego. Não sente vontade de ler um dos livros de Natércia; ver um de seus filmes, o preferido, o clássico *Os embalos de sábado à noite*; Travolta faz circunvoluções humilhantes na pista luminosa; a dado momento cruza os braços feito um cossaco e ensaia uma dança russa, por onde dobra os joelhos até o chão, estica uma perna e volta, erguendo-se e abaixando sucessivamente; o que faz Santiago lembrar que seu joelho não dobra mais.

Depois de muitos sábados indo regular à Humanitária viu que Vivaldo, da mesma forma que Natércia, tinha desaparecido; capaz tivessem ido viver juntos, canalhas. Contou-lhe depois o Poeta que apareciam na gafieira no seu sábado de escala. Acabou por afrouxar na vigilância que tanto aconselhou Vanda Lúcia, deixou de cogitar o ataque traiçoeiro. Até que um dia, saindo da ACSPM, indo só por uma rua escura, o camburão o abordou.

"Documentos."

Não teve tempo de sacar a carteira nem de ver a cara dos PMs nem de anotar o número da viatura.

Tudo de supetão, imobilizaram-no e jogaram-no manietado nos fundos do carro, um saco de feltro preto na cabeça. Falavam pouco, e com voz camuflada. A única que reconheceu foi a de Vivaldo, que fez questão de se fazer distinta:

"Isso é pra você lembrar que não se bate na cara de um homem."

Jogaram no chão; sentiu algo circular, como uma aliança de casamento, pousar sobre sua rótula. Depois, o estrondo de um tiro.

XIV

Vai cada vez mais amiúde ao cemitério israelita do Cubatão. A jaca é de fato dulcíssima, acabou por provar escondido. Os caroços, recolhe e traz pra semear. Embora se trate de um sítio histórico, tombado e tudo, está abandonado; a cidade embrutecida, totalmente voltada à exploração predatória, ignora qualquer registro cultural, os peões que a dirigem acham inútil. Santiago apegou-se à Polaca, seu túmulo desde a primeira visita fez lembrar o de mamãe; talvez a inscrição, SAUDADES DE SUAS AMIGAS E FILHA. No de mamãe, pelos cinco anos que o deixaram perdurar no cemitério do Saboó, a inscrição era similar, SAUDADES DE SUA CUNHADA E FILHO; tudo o que lhe havia restado de parentela. A cunhada era Tia Mercedez, que se cunhou pai de Santiago, ou sua segunda mãe, tudo velado, como se fez inscrever na lápide. Acabou cumprindo uma tradição hebraica do Velho Testamento, do irmão sobrevivente casar com a mulher do morto. Em menos de cinco anos morria também titia, em cujo túmulo, no mesmo cemitério do Cubatão — julgou decente enterrá-las juntas, mas o Saboó não admitia defuntos novos —, inscreveu-se tão somente SAUDADE DE SEU SOBRINHO. Cinco anos cumpridos, a administração do Saboó intimou a desocupar a carneira onde mamãe dormia sua eternidade. Devolveram a foto dela, que ele acabou perdendo, e seus ossos, que trouxe pra Cubatão, pra tumba de titia. Visita-as sempre, misturadas até os ossos, e agora a Polaca, um cemitério dentro de outro cemitério. Há todo um judaísmo amazona escamoteado nisso, uma certa maçonaria feminina, acolheram-se mutuamente a fim de preservar a dignidade que a vida insistiu em negar.

Santiago foi encontrado, bastante depois, numa estrada no sopé da serra, perto de Cota-95, pra depois da fábrica de papel, com o joelho estropiado. Passou dias internado, a ver se amputavam ou não a perna, quando só recebeu duas visitas, a do Cavalo-do-Índio, que veio tripudiar ante sua invalidez, agora que não apanharia de novo; espicaçou-lhe origem, a vida familiar, lembrou do amor de mamãe e titia, da traição de Natércia, salientou-lhe condição de inválido; de alguma forma foi ele quem o fez enxergar isso, estava inválido; do hospital foi encaminhado ao INSS, onde o aposentaram. A perna nunca mais ficou boa, a operação só fez colar o joelho, e a muleta se tornou a nova companheira de dança. A segunda visita foi Vanda Lúcia, a quem apegou-se pela parecença com mamãe, titia, e pelo ódio a policiais. Mas tal convívio durou pouco, só até ele solicitar testemunho na investigação por condenar Vivaldo. A manicure medrou, tinha suas razões. E afastou-se de Santiago, afinal ele nem mais dançava.

Mamãe era de Igreja, ela e o pai de Santiago chegaram a casar, ele foi batizado e crismado. Criado na fé católica, nunca achou de julgar a relação das duas, foi natural pra ele, cresceu vendo e achando amor. Mamãe viúva pobre, quem acolheu foi Mercedez; nem as beatas, bando de hipócritas, renegaram. Mas a Igreja não tem culpa pelo preconceito dos fiéis, procurou criar o filho dentro do catolicismo, era o que conhecia, com um pouquinho de mandinga nos momentos mais difíceis. Mamãe inoculou-lhe alguma fé católica; disse, toda a vida, que São Tiago o havia de proteger e que, ficasse em situação de desespero, fosse à Europa e caminhasse por dias, peregrinar até a igreja desse santo, em Compostela, na Espanha; lá estava seu umbigo. Só não contava que, quando se visse em tal desespero, seria impossível caminhar.

Foi por acabar sem chance de recorrer ao milagre que o sangue ferveu, cobrando uma atitude; que Santiago não podia tomar, não tinha Vivaldo à disposição para uma vingança e, inválido, jamais o pegaria com aquelas pernas de dançarino que deslizavam como tivessem rodinhas. Enquanto cicatrizava sonhou noites com seu ódio, ele escapando, como que motorizado, Santiago mancando atrás, arrastando a perna morta e fervendo. Foi à favela de Água Fria, perto de onde tinha sido abandonado sem joelho. Ali moravam Beneval e, por consequência, seu enteado, o Esquisito. Foi de táxi, e teve ocasião de encontrar Esquisito na rua, que aceitou entrar no veículo e irem pactuar em lugar discreto.

"Eu sei o que quer dizer essa tatuagem. Já matou algum polícia?"

"Não se fala dessas coisas. Mas se precisar, mato sim."

"Preciso do serviço. Pago bem."

Deu-lhe referências de Vivaldo, mostrou foto, contou ser policial expulso, ainda com esquemas na polícia, cobrou absoluta discrição e prometeu boa soma; quase que a totalidade da quitação de seus haveres na empresa; estando ali incluída uma passagem para Sergipe, casa de uma avó. Esquisito abominava Beneval e seus bicos de servente, aproveitava pra sumir dali. Combinado o preço, seria pago após a comprovação do serviço.

"Se o senhor não pagar já sabe."

"Essa morte é minha. Quero pagar por ela. E você está tratando é com um homem."

Santiago não tinha muita razão de viver nem medo do Esquisito. Mas fazia questão de pagar, queria ser ele o responsável, comprar aquela morte. Esquisito pediu pra levar consigo a foto de Vivaldo, depois devolvia. Explicou que passava a noite olhando pra vítima e arranjando raiva dela. Facilitava.

Marcleide chora enquanto passa roupa ouvindo uma música infame no telefone portátil. Está abalada com a morte de um cantor, de quem Santiago jamais teve notícia. Explica sobre o astro cuja existência ele ousa ignorar.

"A ver pela música a gente conclui que a morte nem sempre é uma coisa ruim."

Ela se indigna:

"Não vou admitir essa falta de respeito. Você escuta suas coisas chatas e eu não falo nada. É o meu gosto, e ele era um menino muito bom, não merecia."

"Ah, claro. O que mesmo ele fez de bom? Música é que não foi."

"Fez muita coisa."

"Desligue esta porcaria, está me irritando."

"Cadê sua democracia? Cada um tem direito de escutar o que quiser."

"Sim, na sua casa. Como você está na minha propriedade, vá escutar isso no meio do inferno. Daquela porta pra fora."

Por conta dessas raivas somadas Marcleide ia avacalhando na limpeza da casa. Frestas viam-se rejuntadas de serragem dos gatos, teias de aranha no teto, roupas guardadas sujas. Os gatos a odeiam, quando ela está escondem-se. Chuta-os quando Santiago não vê.

"O cheiro desta casa está insuportável", diz ela.

"É a composteira. Sardinha com cebola. Hoje vou levar na pracinha."

O aceitar essa desculpa é que o faz manter Marcleide empregada, prevenção de contratar outra que desconfie. O amor de Natércia, do que sobrou de Natércia, hoje está fedendo demais. Nem era pra isso, faz tempo que ela está ali, marmorizou, feito um presunto de Parma, curtida no sal. Marmorizou.

Cinco dias depois da conversa, o Esquisito o procurou.

"Já sei tudo do homem, vou fazer o serviço esta semana. Viaje, passe dez dias fora, no meio disso veja os jornais. Dê mais um tempo depois de feito e volte. Aqui conversamos de novo."

O pacote pra Porto Seguro foi o mais barato que encontrou. Doze dias a preço módico, mais módico parecendo com as regalias que um deficiente físico desfruta no transporte aéreo: aeromoças gentis, cadeira de rodas, salamaleques. Já conhecia o lugar, tinha ido com Natércia, de carro, foram parando por todo o litoral. Viram jaqueiras infinitas invadindo a flora na serra das Araras, no Rio; comeram bombons de jaca no Espírito Santo; no litoral baiano viram artesãos fazerem móveis de árvores gigantescas, esculpidos num único tronco: jaqueiras; o amor tem cheiro de jaca. A jaqueira, aprendeu com esses artesãos, fornece uma das melhores madeiras, duríssima. Com ela se fazem as coronhas de espingardas e revólveres. Foram dias de preguiça, a preguiça que acomete o corpo quando se está na Bahia, não mais a preguiça alegre de outrora com Natércia, ora uma preguiça que colava na cama da pousada. Não consultou a imprensa da Baixada Santista para saber se o Esquisito tinha operado a contento. Voltou no término do pacote turístico acreditando em sua competência.

Passa tardes na padaria, tomando cerveja, calado. Há bêbados habituais ao lado, velhos aposentados, vagabundos, trabalhadores de turno em horário de folga. Não fala com eles, já desistiram de puxar conversa, bebe quieto no seu canto; volta oito da noite pra casa. Ao passar pela portaria, cansado de beber, ofegante, Bidgis avisa:

"Tem visita."

"Como assim?"

"A faxineira nova, pediu a chave, disse que o senhor mandou dar. Está lá em cima."

Não teve tempo de escornar o porteiro, a chave era pra Marcleide tão somente, mais ninguém. Subiu em desespero, na velocidade que lhe era possível. Mitiko esperava tranquila sobre o sofá aveludado. Sorria pros bonsais.

XV

Mandei fazer, de puro aço luminoso, um punhal para matar o meu amor; e matei.

"Titia, fiz uma árvore pra você."

Santiago apresentava a Mercedez um desenho infantil, feito com caneta hidrográfica, o tronco azul da copa verde e frutos redondos alaranjados.

"São laranjas? Que lindo, meu amor. A tia vai fazer uma árvore pra você agora."

Ela pediu a caixa de canetinhas e fez uma árvore estranha, do tronco preto; sem folhagem e com dez frutas amarelas.

"Que fruta é, titia? Jaca?"

"O nome da fruta é sefira. Esta é a árvore da vida, e se chama cabala."

Mercedez era maternal com ele. No seu catolicismo dos trópicos, metia-se em tudo que afrontava a doutrina, para desespero de mamãe: cristais; espiritismo; runas; xamanismo. Abraçava árvores, aplaudia o pôr do sol. Ensinava ocultismos, judaísmos, falava de árvores estranhas: a da vida; a do conhecimento do bem e do mal, que dava frutos proibidos; outra árvore-escada, que pertencia a um sr. Jacó.

Quando Santiago desceu do avião em São Paulo uma certeza interior, uma calma de quem foi justiçado fazia crer que o Esquisito dera cabo da empreita. Não procurou os jornais dos dias em que ausente, só guardou comprovantes de passagem e estadia, eventual álibi. À noite Bidgis levou um envelope, o motoqueiro tinha deixado na portaria a seus cuidados. Dentro, um recado:

"Tudo feito, e até mais do combinado. Encontro amanhã dez da noite na praça perto de sua casa. Leve o que tratamos. Queime este bilhete."

Levou a quantia e sentou perto da paineira, esta que alimenta hoje de composto orgânico. Em poucos minutos uma motocicleta parou e o garupa, sem tirar o capacete, veio ter com ele.

"Viu o jornal?"

"Sim", mentiu. "Mas conte como foi."

"Ele estava morando num cortiço na rua da Constituição. No sábado foi naquele baile das varizes."

Referia-se à Sociedade Humanitária. Contou que esperou o fim do baile e, quando a vítima retornava pra casa, nos fundos da catedral ele e seu parceiro, o piloto da moto, abordaram, atirando sem perguntas. Só lamentou ter que executar a mulher que o acompanhava, de modo a não deixar testemunhas.

Se dava medo à noite, ia deitar na cama de casal, entre mamãe e titia.

"Estou com vontade de comer sefiras."

"Não se comem, paixão da tia. São frutas do céu. E não é sefiras, o plural é sefirote."

"Meu filho, as laranjas douradas que você desenhou são mais gostosas. São as frutas de Santiago, sabia? O santo irmão de Jesus que peregrinou na Europa, morreu e foi enterrado em Compostela, aquela cidade que a mamãe falou, onde fizeram a igreja."

"Ela está certa. Aquela região da Espanha antigamente se chamava Hespérides."

Titia, ilustrada, contava histórias maravilhosas, como a de Hércules, que foi à terra das Hespérides, onde nasciam maçãs, pomos de ouro. Assim pensavam os gregos, maçãs de ouro; na verdade, eram laranjas.

Mitiko esperava com rosto caridoso no sofá. Tinha faxinado a casa, cheirava a limpeza. O amor de Natércia então não fedia, seus restos calaram-se no guarda-roupa.

"Agora vou vir sempre aqui. Você não pode viver nessa situação, o que a sua empregada faz? Que mulher imunda."

Não protestou, nem a impediu de se intrometer, fazia por amor, ou quando muito por devoção, o que lhe servia. Passou a noite em casa, levou-a ao quarto, o guarda-roupa trancado à chave. Não fedia.

"Que pezinho delicado você tem. Deve ser difícil dançar."

Mitiko explicou procedimentos de seu pai para que os pés resultassem daquele tamanho: ataduras, limitações; faziam bonsais; criavam filhotes de pássaros em cubículos escuros ouvindo uma fita de canto de adulto; clonavam orquídeas; definiam o tamanho dos pés femininos; dominavam a Natureza.

"É difícil, sim, dançar samba. Um dia te mostro a dança oriental."

Colocou um CD de boleros, e, sentados na cama, depois de fazerem amor, ficaram a dançar sentados, abraçados.

A tragédia do Vivaldo causou só entre os poucos que o conheceram, era um desimportante. Santiago tinha que cuidar da composteira. Os parceiros de polícia do morto tinham que recolher dinheiro de traficantes; dar porrada em trabalhadores e estudantes; cumprir a tirania do Estado, pra isso serviam. Os filhos de Vivaldo, meia dúzia de vagabundos esparsos, com diferentes mães, tampouco quiseram saber daquele que nunca quis saber deles. Não havendo testemunhas do crime, e sim uma infinidade de desafetos, entre corneados do tempo de dançarino e vítimas da violência do tempo de meganha, caiu no vazio o inquérito pra apurar sua morte. Santiago talvez fosse dos primeiros a ter motivo pra dar cabo do pústula, mas nem na cidade estava. Tinha bom álibi, além de toda uma vida laboral, primaríssimo. O Esquisito sumiu, foi pro Sergipe, pra casa da avó; Beneval deu graças a Deus; o parceiro do Esquisito ninguém nem sabia quem era, Santiago só viu de longe, e ainda de capacete.

A morte de Natércia foi o escândalo; o inesperado. A mãe inconformou-se; Santiago também, à época ainda a amava. Mas a sogra não suspeitava quem a pudesse ter sacrificado, como não imaginava por que a filha estava com Vivaldo numa quebrada àquelas desoras. Dona Delfina nunca desconfiou dele, conhecia-o, sabia de sua índole trabalhadora, amorosa e familiar. Lamentava a sorte da filha, o gene da bisavó prostituta.

"Essas duas jaquinhas aqui, meu amor, ficam na altura do coração, se a gente pensar que nosso corpo é a árvore da vida. Uma chama Gueburá, a outra chama Guedulá."

Tia Mercedez explicava então rudimentos da cabala, que investigava em seu politeísmo. Gueburá era a severidade, a força, e Guedulá o amor e a misericórdia. Eram duas mulheres que viviam juntas e criavam um filhinho bonito. Induzia-o a pensar na relação delas, sendo titia a jaca do amor, mamãe a jaca da severidade. Apontava pra um círculo amarelo na cabala, logo abaixo dos dois primeiros:

"Este aqui é o filhinho delas?"

"Uhum. Se chama Tiferé, e representa a beleza."

Dia de ir ao mercado fazer compras. Podia ir de carro, obteve um adaptado, barato, há uma isenção de impostos. Conseguia conduzir com um pé, não precisava embrear. No mercado adquire produtos para dois dias no máximo, e prepara tudo, de forma a deixar vazia a despensa. Só faz compra de gêneros depois que Marcleide já esteve em casa. Logo que ela sai ele cozinha, procurando o máximo de resíduos com que alimentar a composteira: sebos de bifes, peles de frango, cascas de frutas e legumes, sobejos. Equilibra a produção de dejetos com o quanto os gatos produzam de serragem. Há mais pó de serra que dejetos, produz pouco, por isso vai entremeando com pedaços marmorizados de Natércia. Passa horas imaginando o momento de peneirar a caixa de necessidades dos felinos, o mais prazeroso do dia. Quando Marcleide retorna, dias depois — visita-o duas vezes por semana, é o trato —, já consumiu tudo o que cozinhou. Não deixa comida pra ela; não merece. Quando não dá cabo de tudo que produziu na noite anterior à sua visita leva à praça, pros mendigos, caridade.

"Tudo na vida é equilíbrio, paixão. Prove, que gostoso."

Titia colocava em sua boca um pedaço de melão envolvido numa fatia de jamón pata negra. Era divino, o doce aguado do melão harmonizado no perfume salso da carne rosada, e aquela gordura de mármore. Contava como se produziam os jamones, sem tempero, sem química, só o pernil do porco mergulhado no sal, puxando a água. Depois, deixar curando meses, e defumar de leve. Com ela aprendia as técnicas de marmorização e salga; os rollmops de sardinha os fez com lembrança desses ensinamentos, com sal foi que retirou a água dos filés. A cebolinha de recheio fazia o papel do melão, o elemento doce, aguado. Harmonizar a severidade com a misericórdia.

Logo após a partida de Mitiko viu-se tomado de alguma alegria inconfessa, deduzia pelo fato de Chantilly se haver escondido, com nojo dele, ao passo que Morcego veio afagar-lhe a perna com o rabo sedoso, miava de prazer. Pegou no colo, dizem que o contato com eles livra do ataque da depressão. Gato negro no colo, Santiago foi até o guarda-roupa, abriu a fechadura e dentro mirou o que restava de Natércia. O amor então nem fedia. Quebrou dois pedacinhos pra botar na composteira e trancou de novo. Mal os enterrou na serragem o bafio de podridão alvejou-o, como que contaminando toda a aura, e ele deprimiu a ponto de esquecer a visita de Mitiko. O gato preto unhou-o e fugiu, arrepiado. Chantilly voltou.

XVI

Um dia morreu afogado Tomio Fukumaro. Na infância de Santiago todo dia ele passava, fazia um gracejo. Tinha uma queda por mamãe. As flores róseas da minicerejeira arrancaram um sorriso da senhora católica.

"Fiz pra senhora. Bonita flor, né?"

Um homem que sabia fazer barcos e flores. Tia Mercedez o odiava, mas não podia expor, mamãe e ela eram só cunhadas mesmo. Entre a casa deles e a de Fukumaro dois terrenos baldios, de maneira que se podia, da janela, ver a sala do vizinho; naquele tempo ainda se faziam os velórios em casa. Santiago ficou pendurado na grade da janela olhando perdido pra sala, Tomio velado, Mitiko, uma criança ainda, beijando e pondo a mão no defunto esticado. Praga de Tia Mercedez que matou Tomio; ela gostou que ele morreu. Mamãe falou que os mortos voltam de noite para assustar os meninos maus; Santiago teve medo de o pai voltar; Tomio Fukumaro podia ter sido um pai pra ele, mas o odiava também.

Marcleide deglute alguma coisa incompreensível, notam-se em seu cocho — impossível chamar prato um objeto daquelas dimensões — lasanha; arroz; feijão; carne; pedaços de salada; peixe; frango; farinha.

"Sou obrigada a trazer marmita, não tem comida nesta casa. Miséria."

"Se eu tivesse de comer uma lavagem dessa passava era fome."

"Você passa fome. Não tem comida aqui."

"Se não está contente vá embora."

Ela ignora, enfia nova colherada na boca — come de colher —, resmunga de boca cheia, arrota, ele sai.

"Faça o favor, se escapar alguma coisa da sua esganadez coloque num potinho, não jogue fora."

"Quer um pouco? Come aqui comigo", tenta fazer-se amistosa.

"Claro que não. É pra composteira."

Além de Mitiko, não recebe visita; descontada a nulidade que considera Marcleide. Delfina, talvez advertida por uma intuição de mãe, começou a cercar, o que o fez mais recluso. Vanda Lúcia até se aproximou, morto Vivaldo, mas ele enxotou, não havia servido sua amizade quando precisou. Por fim, ainda antes de reencontrar Natércia e trazê-la de volta, quem andou por ali foi Cremilda, a médica; não desistia. Tentou diverti-lo com seu humor impregnado de veneno, o mesmo que instilou quando ele vivia com Natércia. Agora se fazia engraçada, envolvente, contava de suas viagens pequeno-burguesas, tinha ido a uma festa em Barretos com sua amiga que dizia namorar um caubói de rodeio; coisa que Santiago detestava, o tal de rodeio, e as músicas afins:

"Ai, Santiago, você não acredita. Daí fui com ela numa apresentação, queria fazer uma surpresa pro namorado. No rodeio, depois que se apresentaram aqueles peões maravilhosos, me entra ele vestido de palhaço, com uma vuvuzela e suspensórios folgados, distraindo um boi velho. Aquilo era o caubói. Ela quase se jogou da arquibancada, de vergonha."

Não achou graça no ridículo que ela descrevia, queria simpatia a todo custo, ele se enfadava, não apresentava desejo, embora Cremilda fosse mulher ainda no jeito. Tentou então mostrar vídeos de suas viagens, tinha ido ao museu do Vaticano, filmado tudo. Santiago perguntava a razão de se filmar tão formidável coleção de estátuas; refugou a tentativa de sedução, não conseguia; só tinha cabeça pra Natércia naquele tempo; amava-a; hoje não mais; pediu a Cremilda fosse embora e não voltasse. Estava viúvo e aposentado, esses conceitos eram misturados pra ele, sem Natércia tudo havia acabado.

Ainda na noite daquele dia o espectro apareceu, furtivo, passou pelo corredor; uma sugestão, veria coisas. De onde se enfiou, pro lado da área de serviço, onde morava a composteira, fizeram-se ouvir psius. Rezou três vezes o credo; Tia Mercedez mandava ler direto da Bíblia, melhor forma de afastar espíritos obsessores. Assim afastou Vivaldo, era ele: rezando o credo em frente à composteira. Não tinha medo de Vivaldo, que nem pra adubo prestava; mas era melhor afastar, mau agouro. Mortos são gente traiçoeira, nada se pode contra eles. De rezar em frente à composteira por afastar espíritos malignos foi que a converteu em altar, como quem reza numa igreja sobre a lápide de um benfeitor da cristandade; como se os bons eflúvios da oração conseguissem dispersar o cheiro do composto orgânico; o amor por Natércia, que ainda fede.

O corpo de Tomio Fukumaro foi procurado por cinco dias nas águas próximas do estaleiro; agora exposto, ator num monólogo aplaudido; inchado, ego inflado, seus olhos puxados o inchaço não os tinha tornado redondos; antes, como que repuxava a pele, deixando mais horizontal o traço das pálpebras ajuntadas; mais oblíquo; mais japonês. O pequeno curió paralisado dentro da gaiola escura; fora, um gravador cassete repetia o canto de um curió adulto.

"O senhor não tem pena de deixar o bichinho preso assim?"

"Preso? Não preso, está solto. Ninguém amarrou ele, né?"

O mesmo cinismo com que devia apertar ataduras pros pés da filha não crescerem; com que jogava indiretas pra titia e charme pra mamãe. Agora ali, inchado de ego e morte, expressão de estátua; um Buda atemporal. Tinha morrido de sunga, inspecionando o barco, mergulhou por baixo e se prendeu. Na boca, a velha espuma dos afogados; sargaços e lama na cara. A barriga, adquirida em cinco dias de mar bebido, tornava grande o corpo todo; como engrandece a morte. O bombeiro pressionou com a sola da bota e viu-se o jorro de pequenos crustáceos brotar entre as pernas do short do morto. Sob pressão o conteúdo verteu pelo ponto menos resistente: o esfíncter carcomido de podridões e siris. Uma mulher vomitou; Santiago conteve. Coitada da menininha, vai crescer sem pai igual a você, mamãe falou.

Como quem vai quebrando os cacos de um ovo de páscoa, cada vez com mais parcimônia, medo de a delícia acabar, ele vai tirando pedacinhos de Natércia pra botar na composteira. A floração da jaqueira, pra surpresa, não caiu toda: duas pequenas frutas começaram a surgir, grudadas; gêmeas. Ouve a infame buzina do Honda de Mitiko; hora de trancar Natércia no guarda-roupa. Da porta da sala acompanha o elevador que sobe, Bidgis franqueia a entrada sem anúncio. Ouve-o perguntar na portaria:

"Por que um carro bonito desse tem uma buzina tão safada?"

"Carro japonês. No Japão só se usa a buzina em caso extremo. Ela é feia de propósito, pras pessoas não buzinarem."

A civilização é um processo sofrido, mas a única forma de seguir; dizem que o Japão é um lugar muito civilizado; aqui, os amantes dessa música dita universitária parecem ter apego a buzinas; e a carros luminosos, cabelos tingidos, tatuagens e piercings, feito Bidgis. Todos os colegas de fábrica, com seu salário mediano, conseguiram adquirir um carro moderno, e todos, sem exceção, fazem largo uso da buzina, geralmente mandando adaptar uma nova, com música; onomatopeias de galinhas; cavalos relinchando; vozes. Talvez de ver essa espontaneidade semisselvagem nos nativos o velho Tomio detestasse que a filha hoje em dia estivesse envolvida com um brasileiro suburbano feito Santiago. Tolhia a filha, limitava-lhe os pés, como os japoneses tolhem seus motoristas de buzinar e expressar alegria por ter um carro. Impunha o processo civilizatório, abominava o comportamento bárbaro de outras etnias. Mas a civilização não é um processo racial. As pessoas tornam-se civilizadas.

Santiago sofreu miseravelmente a morte de Natércia até o dia em que a reencontrou, na vitrine. Na loja de costumes, caracterizada de dançarina, roupa azul-celeste de lantejoulas e sandália prateada; Vivaldo a seu lado, também imóvel, fazia uma mesura de mestre-sala. O rufião trajava sapato duas cores; calça branca e camisa listrada; chapéu-panamá; um blazer branco. Tinha economias, a aposentadoria dava com largueza, pôde regatear e pagar o resgate pedido pelo dono da loja. Levou-a pra casa na calada da noite, aproveitando que Bidgis trocava de roupa no vestiário. Natércia amada, quanto a havia procurado, quanto teve de suportar o cheiro do amor estragado, agora de volta. *É pena que uns lábios gelados como os teus não sintam o calor que eu conservei nos lábios meus.*

XVII

"Trouxe pro senhor. É um bonsai de cerejeira em flor do tempo de meu pai, tem uns trinta anos."

A miniárvore tinha tronco nodoso de velho; tinha eternidade. Mitiko olhava-o com veneração naquelas visitas que fazia pra trabalhos de faculdade. Santiago jamais correspondeu, amava Natércia. Nunca imaginava um dia ele e a filha de Tomio.

Fazer um barco era o sonho dos meninos; ganhar a maré. Foram no estaleiro Santiago, Chico e Tonico, conversar com ele. Não ajudou muito, o japonês sonegava tecnologia.

"Se é para fazer barco, melhor chatinha. Barco de fundo chato, né. Começa fazendo caveiras."

Caveiras eram as estruturas de madeira que iam coladas na espinha dorsal do barco, feito costelas. Três sarrafos, um deitado no chão, dois saindo das extremidades, formando a letra U. As do meio do barco eram largas, iam afinando até formar o bico da frente. Espichada a viga mestra e pregadas as caveiras, era tapar o fundo chato e as laterais com madeira de compensado. No final, calafetagem e pintura. Se de fundamentos estavam bem, erraram foi na execução. As caveiras, que deviam ser abertas, fizeram retas; quadradas. O erro de projeto fez o barco parecer, de final, um esquife. Foram soltar na maré, em frente ao estaleiro. Naturalmente virou, a hidrodinâmica não favorecia o equilíbrio. Tomio ria seu risinho cínico de superioridade; Santiago desejou sua morte; alguns dias depois ele viria a se afogar ali, sob as ostras e cracas do fundo de seu próprio barco. Titia contou que nosso desejo, se coincidir com o merecimento da outra parte, pode ser materializado. Gostou de ver o velho, pisado pelo bombeiro, defecar crustáceos. Ele e titia o haviam matado com seu desejo.

Natércia ali de novo, imobilizada. Não foi Santiago quem a matou, foi o Esquisito, aquela morte não lhe podia ser cobrada. Gostou de matar foi Vivaldo; também imobilizado, sem molejo ou rodinhas nos pés; deixou-o lá, na vitrine, sem resgate; levou só Natércia; daria bom destino a seu corpo, faria brotar flores lindas de cerejeira, jacas perfumadas, jardins de Éden.

Hoje ele desmonta Natércia, operação inversa à de montar um barco, um barco furado que acabou virando esquife. Da viga mestra que é a coluna vai destacando as caveiras; as costelas. A cobertura de compensado, a pele que a isto equivale, foi toda pra composteira. Agora tem que administrar a falta de matéria orgânica, o amor por Natércia vai acabando, logo não vai mais feder. Os gatos seguem produzindo cada vez mais, começa a catar detritos orgânicos do lixo dos vizinhos pra compor o adubo, não pode perder a serragem produzida. Houve situações em que precisou guardar o próprio excremento na composteira. Mitiko uma vez falou que na chácara de seu tio toda a urina que a família produzia era guardada. Nas fábricas de adubo do Cubatão o processo é à base de nitrogênio, ureia. Tudo que apodrece vira sal mineral depois de nitrogenado; ao pó de que viemos voltaremos.

Das flores do bonsai duas viraram pequenos frutos. As injeções do hormônio que Santiago fabrica com chorume da composteira dão resultado. Antes dos vinte anos necessários à maturação de um pé convencional de jaca, antes dos vinte anos necessários à prescrição de um homicídio, a miniatura produziu. Cremilda era sábia, a jaca do cemitério é mais doce; e precoce, agora constatava.

Desde que viu os crustáceos brotarem das virilhas do cadáver de Tomio Fukumaro pegou nojo de fruto do mar. Mas sendo bons produtores de matéria nitrogenada, adquiriu um quilo de lulas para preparar um petisco aos seus mendigos. Comprou ostras também. Claro que a ele mais interessava o subproduto, os restolhos com que ia abastecer a composteira; preparou anéis de lula ao molho vinagrete e ostras gratinadas, o que levou, posto que não comeria, pros mendigos; refestelaram-se, com mais um litro de aguardente. Mas não deu tudo aos miseráveis: reservou parte dos anéis, prepúcios de meninos circuncidados, que destinou em sacrifício à composteira, achando que melhoraria o adubo, mandingas, cabalas de sua tia; ou da Polaca, que nutria a jaqueira do cemitério, produzindo a mais doce das jacas. As ostras eram clitóris de meninas mutiladas em tribos selvagens. Vendo as jaquinhas gêmeas em formação, recolheu um tanto da solução que minou da bica de chorume no pé da composteira, e injetou, com uma seringa, no bonsai. O cheiro de jaca está fortíssimo, Santiago se delicia. Ao chegar, Marcleide pragueja:

"Fedentina. Não suporto jaca. Onde arrumou?"

"Onde não é da sua conta."

Não só a habitual estupidez para com Marcleide justificava a resposta. Não podia dizer que trouxe aquela jaca preta, caída do pé por cima da tumba da Polaca, pra casa; sinal, um maná caído em agradecimento à visita ao sítio abandonado, aquele triste cemitério de prostitutas esquecidas. Postou-se frente ao túmulo, fazendo a habitual oração, a fruta precipitou sobre a lousa; caiu sem barulho nem sujeira, pousou-lhe aos pés em oblação, entreabrindo-se discreta e manando o perfume doce, amarelado. Perfume de Natércia, perfume de Polaca. Katarzyna Gralówna, o nome inscrito na lápide. SAUDADES DE SUAS AMIGAS E FILHA. É um cheiro forte, só quem ama. Marcleide tem por que reclamar, o amor em excesso chega a feder, feito jaca.

Cremilda voltou a visitá-lo nesse dia. Sentados no sofá aveludado, ela curiosa do bonsai:

"Olha só, duas frutas. Essa pretinha não vai vingar."

"É a sina das minhas crias. Talvez o adubo que venho usando."

"Jaca tem que adubar. Por isso jaca do cemitério é a mais doce. Você tem água?"

Santiago fez menção de levantar pra pegar, mas ela se prontificou, sabia onde era a geladeira.

"Traga um copo pra mim também."

"Nossa, que cheiro. Que é isso? Meu Deus, uma jaca. Hummm, delícia" — e falava de boca cheia, avançando na fruta. — "Doce, doce."

Arrotando jaca — comeu mais de metade — Cremilda volta à sala. Toma simpatia por ela, por ter gostado de sua fruta, ter-se fartado de seu gosto. Era uma jaca preta, maduríssima, e sim, do cemitério, embora não o tenha confirmado, achou prudente. Vendo a reação favorável Cremilda logo se dispôs a descer na padaria, buscou várias cervejas e mortadela em cubinhos. A embriaguez deu a ela vontade de dançar, e a ele incapacidade de resistir ao pedido de uma dama; mesmo de joelho estragado concordou em ficar parado, rebolando a pelve pra que ela evoluísse. Acabaram fazendo amor, na banheira de hidromassagem. Ela, médica e pequeno-burguesa, talvez estivesse habituada a banheiras mais chiques, mas a tina proletária, plantada dentro de um banheiro de proporções acanhadas, acolheu-

-os confortavelmente. O piso era granito, Santiago era um operário bem remunerado. Sentaram abraçados, como que dançando, agora que a ele só era possível dançar sentado.

"Lindas as suas jaquinhas" disse ela de manhã, indo embora. "Olha, não leve em conta o que eu falei, a jaquinha preta vai vingar, sim, se você adubar com terra de cemitério. Cuide pras suas crias não arruinarem."

Passaram várias noites nessa banheira, ele e Natércia. Tem ganas de voltar com ela àquele microuniverso aquoso, acolhedor, àquele útero. Mas receia que, marmorizada como se acha agora, e quase desconstruída, a água lhe faça mal.

Nesses anos em que mora sozinho já vão centenas de partidas de composto orgânico. O jardim da pracinha refulge, a paineira parece rir, nos abris sua paina colore o chão, nos outubros a copa tinge de rosa. E bepantos e palmas e margaridas, o que quase torna o lugar agradável, não fosse a imundície dos mendigos. Espalham copos e talheres plásticos pela grama, corotes pet de cachaça, roupas puídas.

Sai Cremilda, entra em casa Marcleide:

"Você viu um caderno de anotações?"

"Ah, seu diário. Vi sim. Levei pra casa, pra fazer uma cópia, posso mostrar pro meu marido? Ele adora romances policiais. Você escreve bem."

A vida de inválido se resume a cozinhar pra ninguém e a escrever nessas agendas que a Companhia ainda manda, e pras quais Santiago não tem compromissos que anotar. Têm 365 folhas, uma para cada dia do ano.

Com pouco mais de cem páginas Santiago interrompe, decide abrir outra agenda, devassado o conteúdo da primeira; depois continua nesta pra despistar Marcleide, vai seguir anotando, dizendo ser história fantasiosa, uma novela que escrevia por passar o tempo. O novo volume teve o cuidado de esconder melhor; junto do que restava de Natércia.

O tédio de viver inutilizado nesse apartamento Santiago o tempera com a escritura do diário; e o preparo dos manjares da mendicância; e o cuidar dos bonsais; e a saudade de Natércia; e a composteira. Não sabe escrever feito os autores dos romances de Natércia, não tem o que citar, nada leu. Se alfabetizado deve a titia, que usou de método pouco convencional: não o fez conhecer cartilhas básicas nem pedagogias de oprimidos; aprendeu esotericamente. Foi ela quem ensinou o peso mágico de cada verbete a partir da soma de suas letras, e por conta disso Santiago nunca conseguiu achar a menor graça nas literaturas de Natércia, aqueles escritores não sabiam magia. Talvez que algum soubesse, mas nunca o encontrou entre os livros dela.

Marcleide estrebucha:

"Pro inferno. O cheiro desta geladeira está terrível. Jaca com peixe podre. Vou jogar fora, pode reclamar se quiser."

"Deixe como está, a geladeira é minha, vá limpar o seu barraco lá na sua favela."

Ela se ofende, indigna-se, sai da cozinha e vem ter com ele no sofá, arfante.

"Eu moro numa comunidade pobre mas decente, e minha casa é o meu lar, não é maloca. Vivo como posso, e com o que ganho do meu trabalho, eu e meu marido, não vivo sugando o governo, não sou uma aleijada parasita. E joguei a jaca podre no lixo."

Chorava. Santiago pungiu-se, não queria reduzir a composto orgânico a humanidade da faxineira, embora não a enxergasse ela existia; ao chorar foi que viu, e envergonhou-se.

"Desculpe, Marcleide. Claro que não, eu falei de raiva, de revolta. Não sou um parasita, queria estar trabalhando também."

Ela suspirou e sentou ao lado dele. Não lhes era possível um abraço; a mútua consideração brotou, por um lapso, mas brotou. Depois de breve silêncio apaziguador ela perguntou:

"Onde anda aquele seu pedreiro? Quero fazer uma reforma no banheiro, botar uma hidro também."

"Seu Beneval?"

"Não, o velho não. Quero o enteado dele, o Esquisito." — E olhou-o com uma profundidade assustadora nos olhos.

"Não sei dele, perdi o contato faz muito tempo."

Santiago desconversou, mas guardou o incômodo da pergunta. Depois que ela se foi desceu à lixeira do prédio e catou a jaca dispensada, pra trazer à composteira.

XVIII

Natércia beijava Santiago, sabor de chocolate com doce de jaca; no litoral do Espírito Santo há desses bombons. O hálito era doce, misturado a café; com chocolate; e jaca; e licor; dividiam um cigarro na rede da pousada depois de saborear moquecas. Dali seguiriam a Porto Seguro, Trancoso, Ilhéus; comprar esculturas, gamelas, peças de madeira de jaqueira, iria vesti-la de panos estampados e bijuterias índias; e chinelas de dedo; e mergulhar nos seus olhos e beijar seus lábios de jaca. Depois de fazerem amor ele adormecia. Ao acordar, muita da vez ela estava empolgada com o desfecho de algum romance, tentava transmitir-lhe a história; Santiago não via graça naquelas mulheres insatisfeitas buscando aventuras.

"Meu amor, cada letra tem um peso. A vale um, B vale dois, C três e assim por diante. E cada número tem um valor, um é começo, dois é companheirismo, três é comunicação, quatro é trabalho."

Mercedez ao falar despejava encantamento. Foi com ela que Santiago aprendeu a medir palavras, os métodos da numerologia. Ele compreendia o universo das letras por uma lógica superior, por isso as palavras pra ele só caíam bem mescladas nas canções; então faziam todo o sentido.

Viu-se desesperado com a sentença de Marcleide. Ela ter lido o conteúdo do diário significava acesso a toda a história sepulta de um crime sem solução. Notou que ia manipular dali por diante, implorou trouxesse de volta o volume; e mais, não mostrasse ao companheiro, um notável vagabundo, da mesma sua péssima qualidade e ainda pior, sem a disposição de Marcleide para o trabalho, que isso Santiago reconhecia; explorava-a, batia-lhe, um mau homem, sustentado por ela e por pequenos serviços de frete a traficantes e informações à polícia. Tudo o quanto ele não precisava.

Vê dois vultos passarem sorrateiros pela porta que dá ao corredor. Correram pros lados da composteira. Lá se ouvem risos de casal adúltero; Vivaldo se diverte com os restos de Natércia. Exorciza-os à base de credos, e mesmo um rosário inteiro, à frente de seu altar de dejetos; ao fim da oração a bica faz minar chorume, como um alambique de sofrimento que mana o elixir da vida. Recolhe o líquido e injeta nos bonsais; dias depois brotam róseas flores na cerejeira, e lindas bolotas douradas na miniatura de pé de tangerina. No entanto, a jaquinha mais escura precipitou-se ao chão esta manhã; algum espírito maligno tem jogado material infecto na composteira; o gato preto urra a cada tanto, é de arrepiar; quando Santiago passou na vitrine de fantasias, ao manequim de Vivaldo faltava a mão esquerda. Voltou pra casa de modo a levar o composto na praça. Altino, o chefe dos mendigos, questiona:

"Ei, patrão, não trouxe um rango pra nós hoje?"

Não pensava descartar o conteúdo tão cedo, foi à praça sem comida pra eles. O mendigo cola a seu lado, questiona se são ossos de frango os artelhos de mão decepada que espontaneamente brotaram da serragem.

"É, Altino, é asa de frango. Tome um trocado aqui, vá tomar uma pinga lá na padaria."

Achou prudente recolher os artelhos e levar dali. Marcleide ousou trazer uma visita à casa: Venézio, a pústula com quem dividia o leito; ao voltar Santiago deu de cara com ele no sofá:

"Bom dia, patrão. Desculpe ter vindo sem avisar, só queria cumprimentar o senhor, sua história é legal."

Com essa enigmática saudação despediu-se. Santiago fulminava Marcleide com um olhar que traduzia todo o desprezo por sua existência, mas ela só fazia esboçar um riso de Monalisa.

XIX

"Trouxe de presente para você."

Com a mesma expressão de veneração do tempo em que lhe deu o bonsai Mitiko estende o vidro com um peixe violáceo. Santiago lembrou o filhote de curió que o pai dela aprisionava na gaiola escura.

"Querida, é muita malvadeza o bichinho num cubículo assim. Vou comprar um aquário grande e companheiros pra ele."

Ela o convenceu a não fazer, explicou que a índole violenta do peixe impedia contato com semelhantes, precisava viver confinado. Que nem eu, pensou Santiago; prisioneiro de si. Imaginava se noutro tempo o beta teria dado cabo de um rival por causa de uma peixa azul dançarina, e agora morasse ali, naquela cela em forma de aquário. Deus era um velho japonês que o havia confinado naquele apartamento.

No mesmo dia em que Mitiko havia pernoitado em sua casa, visitou-o Cremilda. Contou da pequena jaca que havia abortado; ela ficou triste mas, positiva que era, voltada a filosofias de prosperidade, garantiu que a jaquinha verde ficaria amarela e vingaria. De que presta uma jaca minúscula, pensava Santiago. Colocou o cárcere do beta ao lado do bonsai. Dava impressão de o peixe cobiçar o fruto remanescente que, homologando a profecia de Cremilda, vingou. Tornou-se pérola de um amarelo-ouro, olente feito uma barraca de feira cheia de jacas maduras, empesteava a casa daquele cheiro de amor, o cheiro de uma jaca farta, doce, do cemitério.

Seguindo os melhores ensinamentos de tia Mercedez, Santiago olhou fixo no sentido da glândula pineal de Venézio, bem no meio de suas sobrancelhas, e mentalizou uma onda gelada e cinza saindo de si ao encontro do vagabundo. Fez o mesmo a suas costas, na altura da nuca, quando virou; tudo velado, sem que percebesse. A evitar o golpe de retorno que toda operação mágica induz, elegeu vítima sacrificial o animal que se encontrava mais próximo, o beta; se não atingisse Venézio aquela energia ruim cairia era no peixe quando rebojasse.

Os gatos andam agitadíssimos, embolam-se numa farra que Santiago demora a distinguir se é briga. Morcego olha pra ele e pro aquário, solta gemidos assustadores. Chantilly não solta gemidos, mas bafejos, um som rouco de onça caçando, esturra a seu modo. Murmúrios vêm da área de serviço, império da composteira, que se vai enchendo à revelia de Santiago, talvez com restos de Vivaldo, não se sabe quem os possa trazer; hora de descarregar na praça, e fazer severas orações, e proferir o credo em voz alta, lido na Bíblia. Na praça espanta-se de ver Altino e dois de seus asseclas, mendigos subalternos a quem sequer concebe atribuir um nome, numa conversa animada com Venézio, que saúda sua chegada com a composteira, imaginando traga algum manjar:

"Aê, patrão. Que que é isso aí?"

"Adubo, pras plantas. Serragem com xixi de gato e casca de fruta."

"Fede a carniça."

Faz um esforço imenso por não lhe provocar a sensibilidade e explica:

"É que também coloco aparas de carne, peles de frango, tem de tudo aí."

"Sei. Tava lá no seu livro."

Marcleide deu pra vir acompanhada ao trabalho, segunda vez. Quando volta da praça ela está escanchada no sofá, de sapatos. Refreia a gana de plantar-lhe a vassoura na testa. Vai à cozinha e vê que preparou, de coisas da despensa, uma refeição, e serviu-se sem cerimônia, coisa que antes jamais ousava. Santiago percebe que entrou numa barganha por silêncio.

"Já entendi. O que você quer, diga logo. Aquilo tudo é só uma história que estou escrevendo, não vá achando que acertou na loteria; e mais, resolva seu assunto aqui comigo, não traga mais seu namoradinho, senão sou capaz de ficar assassino que nem o cara do livro, aí você vai ver o quanto dói uma saudade."

"Nossa, estou até com medo. Do que é que você está falando? Só estou dando uma descansada, comi demais, já vou fazer meu serviço."

Mas não fez. Largou foi o barro de seus pés no veludo e saiu no horário, depois de dormir o dia inteiro e ouvir músicas horrorosas, sertanejo dançante que trocou a viola caipira por um acordeom infame, no aparelho do dono da casa. Mitiko foi quem limpou tudo, à noite.

"Tia, conta aquela história."

"Gostou, né? Conto: uma vez vinham Pedro, Jesus e o Diabo. Andavam por um deserto, estavam cansados e com fome quando encontraram um pato e botaram pra cozinhar. Enquanto cozinhava, porque a carne do pato é dura, tiraram um cochilo. Ao acordarem, Pedro falou, Eu sonhei que era o vigário de Deus. Então Jesus falou, Pois eu sonhei que era o próprio filho de Deus. Por fim, falou o Diabo, Enquanto vocês sonhavam eu comi o pato."

Essas histórias o deliciavam, pra desespero de mamãe, que via heresia em tudo. As duas brigavam sobre o sentido em que se devia varrer a casa, sendo que titia só admitia varrer em direção da porta dos fundos. Tradições. Mitiko, embora filha de cabocla, era nipônica; servia a linha paterna. Ela não podia cogitar que Santiago, associado à titia, havia matado seu pai na juventude; mas não era ele o responsável por aquela morte, o merecimento do japonês o levou junto; Santiago lhe queria bem, não tinha por que contar.

Na agenda original, que Marcleide devolveu, seguiu escrevendo uma história fantasiosa, buscando desconstruir a impressão de ser o responsável pelas mortes de Natércia e Vivaldo. Sabia que ela lia escondido. Do corpo resta metade cintura abaixo. No tronco arames com pedaços de gesso e resina; Natércia marmorizou. Traz a mulher trancafiada no guarda-roupa; tendo lido o diário, Marcleide já sabe; mas não viu, nem tem chave pra confirmar; precisa consumir logo aquele corpo; ou dar jeito em Marcleide; o problema é Venézio. Sumiu de casa por uma semana, achou que voltava logo, pra receber ou chantagear mais alto. Semana depois reapareceu só Marcleide, chorosa. Tinham matado seu comparsa, os traficantes não perdoam. Santiago rejubilou; ela, sensata fosse, devia rejubilar também; se havia livrado de um verdadeiro enrosco; mas não quis dizer-lhe isto, preferiu respeitar sua dor, afinal ela sabia demais. O que fez foi, passada a euforia de ver-se livre de meio problema, seguir no diário falso com a história de que sua mentalização havia dado certo; que conseguira dar cabo do infeliz com projeções de energia negativa. Marcleide leria e haveria de ficar preocupada.

XX

Embora adaptado seu carro, dirigir cansa; Santiago precisou pegar pra ir à Água Fria, atrás de Beneval. Usou a desculpa de qualquer manutenção no azulejo do banheiro. Suas suspeitas se confirmaram:

"Ah, estiveram aqui sua empregada e o marido, queriam saber do Roniwaldson."

"Sim, eu que indiquei, falei que o senhor era o bom mas o menino podia cobrar mais barato. Era um serviço pra orelhas-secas. Ele aceitou?"

Roniwaldson, sequer sabia até então, era o nome de batismo do Esquisito. Beneval contou, com uma expressão entre aliviada e alegre, que seu enteado havia mudado pra casa de uma avó, em Sergipe, onde chegou a viver bem durante uns meses. Mas logo voltou ao crime, aliando-se a um grupo de assaltantes de estrada. Tinha morrido numa troca de tiros com a polícia quando saqueava um ônibus.

"Nossa, que coisa triste. Sinto demais, Seu Beneval, sei que o senhor gostava dele feito filho. O marido da Marcleide morreu também."

"Sinta não, Seu Santiago, sinta não. Morrer faz parte da vida."

Passou, pra ir à Água Fria, pelo que tinha sido a zona de meretrício de Santos. Nada do fausto dos tempos da Polaca. Naquele tempo a oferta das melhores mulheres se dava na rua General Câmara, a partir da esquina da Hospedaria Brás Cubas, um dos casarões abandonados pela burguesia santista, que migrou à praia. A Polaca deve ter brilhado nas escadarias daqueles sobrados em vias de demolição. Cubatão decai também, as indústrias estão obsoletas, o desemprego aumenta, as favelas crescem. Água Fria está uma cidade. Cubatão, *Cubas Town*, cidade de Brás Cubas. Água Fria é um lugar bucólico, uma encosta de serra; deve ter sido um recanto para o Cubas; um buraco entre montanhas; cheia de barracos. Morrer faz parte da vida; saudoso Esquisito; Deus o tenha.

Santiago passou a incrementar a agenda falsa, aquela que Marcleide consultava, com informes sobre a magia negra que fizera contra o Esquisito. Somada à morte de Venézio, já que a Providência andava a seu favor, a do Esquisito vinha acrescer-lhe poder; a serviçal acharia que suas mandingas eram perigosas e fecharia em copas.

"Ando pensando em chamar Seu Beneval e o enteado pra fazer uma reforma na hidro. Preciso dar um jeito de ir na Água Fria."

"Pois se eu estive lá mais Venézio. O rapaz morreu, mataram ele lá pro Sergipe."

"Meu Deus. Que maravilha."

"Credo, bicho ruim."

Enquanto ela se indignava Santiago sustentava uma expressão de regozijo, e fingia rezar em agradecimento a alguma entidade maléfica. Calculava o quanto Marcleide se trancava de medo.

"Se você for sempre boazinha vou pedir a Deus por sua segurança, viu?"

Nos dias que se seguiram viu-a diversas vezes pelos cantos chorando a morte do traste com quem tinha vivido. Determinada hora teve dó e buscou consolar, dizendo que sabia bem o que era perder alguém amado, mas que às vezes era melhor assim. Melhor pra gente.

"Eu sei, Santiago, no fundo eu sei. Mas o coração é que não sabe."

Mamãe chorou pelos cantos a morte do Tomio, uns dias lá naquela infância de Santiago. O bonsai secou. Titia olhava de longe, parecia agradecer a alguma força superior. Ele esboçou um sorriso igual, fria vingança, mingau comido por beiradas, quando acharam o japonês cheio de siris na barriga. Mas os mortos é que se riem de nós, padecemos sob seus olhares cínicos. Desejar profundamente qualquer coisa projeta uma larva no universo astral, foi esse o grande ensinamento que Mercedez passou. A larva pode encontrar o karma alheio e materializar. Assim, quando um merecimento de morte encontra o desejo de vingança correlato, é fatal. Mas magia é ciência que requer perícia, coisa que Santiago não teve; matou gente sem querer: Tomio; Esquisito; Venézio. Arrepender, de nenhum. Podia ter feito Vivaldo sem querer, mas Vivaldo ele quis, pagou por sua morte, era ele o autor; de Natércia, quanto se arrependia; ainda que fosse merecedora, não queria que ela morresse.

Recebeu a inadvertida visita de Germano Quaresma, o Poeta, recém-demitido numa situação de escândalo, explodiu a unidade. Que nem a caldeira que levou o papai. Parece que a coisa andava amaldiçoada de novo na Companhia, vários acidentes; tinha morrido não fazia muito tempo o velho Agenor, eletrocutado; depois o Poeta, dizem que num acesso de mudança de personalidade, quando esquecia os conhecimentos técnicos adquiridos na personalidade original, estourou o reator, e foi demitido; agora vinha trazer notícia da morte do Cavalo-do-Índio, chuveirado numa ducha de ácido sulfúrico. O corpo, manchado por natureza, ficou parecendo um mapa de fiordes, sulcos de ácido comendo a pele mesclada de vitiligo e psoríase.

O Poeta não andava bom da ideia; aquela fábrica não lhe fazia bem. Santiago nunca teve problema de trabalhar lá, dava tudo pra estar produtivo, ainda ganhando seu salário, sustentando família. Gostava da Companhia, dos operários, os menos qualificados, pois os que melhoram de condição e salário ficam estúpidos feito burgueses; mandam os filhos estudar nos Estados Unidos e ouvem rock e música country. As coisas são mal distribuídas.

Não entristeceu da morte do Cavalo, era uma escória. Mas arrepiou a intuição de que também aquela morte lhe podia ser creditada, o desejo latente havia encontrado merecimento do defunto e aberto a linha de ácido. Dane-se; de todos só Natércia se podia reciclar, só ela valia ser transformada em vida na composteira, o amor a redimia, os outros nem pra adubo prestavam. Começaram a brotar na composteira ectoplasmas, formas estranhas, feito aquelas que nascem nos chumaços de algodão dos médiuns dos rincões. Retalhos da pele tatuada do Cavalo; e olhos esbugalhados do Esquisito; coisas assim; que nem a mão de Vivaldo que brotou no meio da serragem; precisava desovar na paineira da praça regularmente, e rezar credos. Os gatos andavam desassossegados; Morcego guinchava; Chantilly esturrava feito um leopardo louco; embolavam-se numa safadeza que misturava briga com brinquedo.

Mitiko e Cremilda, cada qual a seu modo, solidarizavam com o terror que lhe saltava da expressão; volta e meia ouvia as vozes dos mortos que tinha feito, pros lados da área, entre rugidos felinos. Quando ia lá ver o que ocorria, calhava de encontrar materializações na serragem da composteira; não mais pedaços de corpo: objetos. O relógio Cremilda reconheceu como de Vivaldo; Santiago disse que era uma cópia, que quando amigos haviam comprado no mesmo camelô. De Mitiko, quando mostrou o pedaço de tecido estampado que tinha achado na serragem, ouviu:

"Nossa, igualzinho ao quimono de meu pai. Até o cheiro."

Marcleide e Santiago esboçam um momento de harmonia. O compadecimento com a perda do traste, aliado ao medo de ter rogada uma praga, fez com que a faxineira se sentisse à vontade pra manifestar sentimentos primários.

"Quero te agradecer as palavras, viu, Santiago. A gente briga mas no fundo gosto de você, tenho pena. Acho que a gente se livrou, a dor vai passar, foi melhor. Espero que se console, fiquei feliz de se importar comigo."

"Que é isso, foi nada."

"Olha, não fique você aí se culpando de tudo, viu. Deus é que sabe o que distribui."

"Está bom, Marcleide, está bom. Vá fazer seu serviço."

"Falar nisso, vamos abrir esse guarda-roupa. Precisa limpar isso aí dentro, está fedendo."

"A única coisa que fede nesta casa é o seu rabo. Ponha-se no seu lugar."

Recobrado o clima hostil entre os dois, um olor de jaca madura, delicioso, impregna o quarto.

XXI

Mercedez, no fundo do quintal, cultivava uma muda raquítica de pau-brasil.

"Quando descobriram o Brasil, paixão, não tinha um português cristão que quisesse vir pra cá. Mandaram só os que não tinham mais esperança por lá, os judeus perseguidos pela Inquisição. O comércio do pau-brasil foi coisa de Fernando de Noronha, um judeu que arrendou a colônia de Portugal."

Foram anos e a árvore não encorpava. Por isso foi extinta a espécie, cortavam e levava séculos até se produzir um tronco novo. Igual jaca, demora a produzir; requer cuidados de gravidez de risco.

Os gatos brigando em seu namoro em branco e preto acabaram por derrubar o bonsai; terminava a espera, a gestação. A jaquinha, quase madura, jazia a dois palmos do vaso; o pedúnculo cindido minando um leite viscoso parecia chorar. A ponta do vaso quadrado acabou por ferir a parede do minúsculo aquário, provocando um furo por onde a água escorria lenta. O beta se debatia numa poça entre o cascalho do fundo. Santiago correu ao filtro para encher um pote. Imaginou se o deus japonês o resgatasse do apartamento pra outra cela; peixe assassino deve ficar isolado. Criou o beta num vidro de palmito. No desespero acabou estourando a torneira justo na conexão do azulejo. De tarde veio em casa, sem ele pedir, Beneval, estranha coincidência. Trouxe um novo ajudante, um tipo sonso, que olhava de esguelha e sempre de cabeça baixa. Vanderson, depois soube, era o novo depositário das esperanças de Beneval redentor. Antigo parceiro do enteado morto, o pedreiro o havia encaminhado à igreja prometendo salvação e um destino proletário mais digno que a vala comum destinada aos vagabundos. Estava evangélico feito seu preceptor; era o piloto da motocicleta que em outras épocas conduziu o Esquisito; agora soldado de Cristo, convertido feito um santo Paulo, não queria mais negócio com seu antigo exército.

Quando Santiago casou com Natércia a casa ficou grande pra mamãe e titia. Mercedez enquanto não botou pra vender não sossegou, parecia pouco importar com o pau-brasil do quintal, o tronco querendo encorpar; não era apegada a território. Mamãe, ao contrário, resistiu o quanto conseguiu, praguejando a insensibilidade da companheira:

"Você vende até a mãe."

A alma ibérica e católica de mamãe sonhava casinhas de aluguel, acumular coisas tangíveis. Mercedez era pragmática, importava-lhe era a energia do ouro:

"Na hora do aperto a gente não vai comer terreno, dinheiro à mão resolve tudo."

Feito Mercedez, Santiago liga pouco pra posse material; tanto lhe dá apodrecer nesse apartamento ou numa cela, num aquário apertado ou num vidro de palmito. Nada liga à manutenção do imóvel onde vive. Beneval, no entanto, achou que o fato de ir procurá-lo em Água Fria demandava uma reforma no banheiro. Em tempos de Natércia Santiago obteve verdadeiro prazer em ser dono de uma banheira de hidromassagem; e um carro; e um apartamento próprio; e um amor.

"Eu estive aqui na casa do senhor antes. Vim com o Roniwaldson, o filho do irmão Beneval. O senhor não estava, daí fomos encontrar o senhor lá na pracinha."

"Você é o cara da moto. Era você quem pilotava no dia do serviço também?"

"Renunciado. Não fale mais dessas coisas, senhor, o sangue de Jesus tem poder. Se arrependa também, que a gente pode ser salva."

Santiago odiou aquele hipócrita com força. Mas sabia que ele não ia morrer pela sua vontade; o merecimento, o karma, ele com a técnica evangélica soubera blindar; estava salvo; meteu solda na caixa de chumbo de seu coração nefasto, onde guardou sua coleção de pecados, e ignorava solenemente todo um lado podre. Tanto melhor, este não ia causar problema. Ficasse lá com sua salvação. Aproveitou Beneval em casa pra consertar a torneira do filtro, primeiro de uma série de reparos que ele e seu ajudante foram desfiando como quem puxa um barbante cheio de iscas; levaram em casa de Santiago coisa de seis dias. Nada agradou ver Marcleide em colóquios com Vanderson. Nada agradava aquela propensão da serviçal a grudar em fio desencapado.

Quem é que não se lembra da jaqueira, da jaqueira da Portela? Velha jaqueira, amiga e companheira, eu sinto saudades dela. Santiago sente saudades de sua jaqueira, saudades que vinha mitigando por criar uma miniatura dela, uma árvore com frutos. Os gatos arruinaram a última esperança derrubando o bonsai e quebrando a haste da jaquinha; quase conseguiu salvar a prole à custa dos hormônios; não fosse o destino, não fossem os gatos ali pra derrubar o vaso. Dizem que se alimentam de energia negativa.

Mamãe e titia mudaram para um apartamento de um quarto, na Vila Nova. As antigas casas iam cedendo pra construções de edifícios de três andares, apartamentos populares vendidos ao proletariado. Era um imóvel digno, atendia bem as necessidades das duas, mas a mãe praguejava:

"Mercenária."

Titia ria. Santiago foi morar pra Santos com Natércia, compraram este apartamento, o vidro de palmito.

"Seus filhos vão ser judeus."

"Eu não sou. Então não serão."

"Quem determina é a mãe. Natércia é."

"Não é pura. Nem sua família pratica mais os ritos."

"Você pensa. E quanto a não ser pura, fique sabendo que o pai pernambucano do olho claro não era outra coisa que um judeu de Amsterdam com sangue negro."

"Sangue negro. E mais um avô português. De judeu ali sobrou foi nada, titia."

Mamãe intervinha:

"Português. Hum. Na Espanha a gente diz que o português nasce do peido de um judeu. Aquilo é judia pura."

Ria do veneno. Naqueles tempos Santiago amargava a exploração de sua mulher pelos cutrucos do mercadinho onde ela expunha habilidade em administração. Os próprios cafetões judeus foram os que trouxeram, noutros tempos, a Polaca pra zona; Jacó traiu seu próprio irmão, Esaú; um dia, o noivo da Polaca a traiu, prometeu casamento na Polônia e levou-a pra zona no porto de Santos; Natércia o traiu, judiou dele.

"Eles que mataram Nosso Senhor."

Cremilda ficou tristíssima com a perda do pequeno fruto. Como quem tivesse perdido um filho, acendeu uma vela na prateleira onde repousavam o bonsai e o aquário do beta, agora um vidro de palmito; e olhar praquele arranjo, a jaqueira com a chama ao fundo e um peixe encarcerado olhando desde outro plano sem poder tocar por conta do véu de vidro, deu a exata dimensão que se miniaturizava ali a cena do cemitério israelita: sendo a jaqueira o túmulo de uma polaca traidora e traída, a chama de uma torre de refinaria ao fundo e um assassino encarcerado em si mesmo a contemplar, impotente.

O Poeta aportou em casa de Santiago numa tarde perdida. Num arroubo daquela generosidade que se deve aos amigos veio distrair, fazer companhia. Trouxe o violão pra cantar sambas com sua voz de barítono. Não era grande violonista, nas folgas da Companhia se fazia acompanhar pelo Pelanca, este sim um virtuose. Mas pontuava direitinho, trouxe qualquer alegria.

"*Ele ficou no prejuízo quando o amor chegou ao fim. Agora chora no boteco, teleco, telecoteco. Coitado do tamborim.*"

Santiago chega a ter ganas de dançar; chacoalha o quadril, sentado mesmo.

"Vai, Coisinha."

Não dá mais, no mesmo tempo se culpa pelo acesso de felicidade, envergonhado. Marcleide, em casa naquela tarde, deplora a cantoria. Parece agora só interessar pelos hinos gospel de seu novo amor.

"Pode ir pro seu barraco, não precisa limpar mais nada."

Sem um tamborim onde bater seu prejuízo, ele bate em Marcleide, alma predisposta a pelourinho. O Poeta parece não aprovar o tratamento que dispensa à serviçal mas, ao saber que agora namora um crente, sua empatia cessa. Seguem contando bravatas de homem, ele narra aventuras, mulheres que caça na internet à revelia da esposa. Santiago dá o devido desconto da esquizofrenia do amigo e sabe quanto vão além do real essas bravatas de peão de fábrica; conta alguma coisa também, que está pegando uma japonesinha amiga da finada e mais uma médica, aluna dos tempos de academia de dança; que já o fazia quando Natércia era viva e tal. Bravatas; essa máscara de conquistador é infame, atua e faz rir mas por dentro lacrimeja. Do nada o Poeta faz pulsar as cordas de sua viola e canta:

"*Se lembra da jaqueira. A fruta no capim. Dos sonhos que você contou pra mim...*"

Santiago paralisa a execução:

"Por que está cantando isso?"

Olha-o assustado, a expressão. Desculpa-se, nada entende de jacas. Santiago pede que se vá, não anda bem, deixe-o só. O Poeta é amigo, entende sua dor, se retira, bêbado. Ainda o escuta cantarolar, descendo as escadas:

"*Olha nos meus olhos, vê quanta tristeza...*"

Sensação de que nem ele é amigo, um falso, maldoso, que zomba dele com sua inteligência voltada ao mal, seu humor sarcástico. Com esses pensamentos resolve chamá-lo de volta, se descobrir que o sacaneia vai botá-lo na composteira. Na sacada da sala, a tempo de ver Germano lá embaixo, abrindo o portão da rua, grita:

"Poeta. Ô, Poeta. Sobe aqui."

"Qual é, Coisinha? Me tirando? Mandou eu embora agorinha."

"Eu sei, desculpa. Sobe, por favor."

Ele volta, o que se espera de um amigo.

"Que é que está pegando?"

Explica num metódico acesso de sinceridade que ao ouvir a modinha da jaqueira teve revolvidos sentimentos, que aquilo o fez lembrar a vida com Natércia, falou da jaca do cemitério, do bonsai, das jaqueiras, das viagens; era isso. A sinceridade não era um vômito, num inusitado controle de estilo usou da fala sentimental propositadamente, de forma a provocar no interlocutor uma reação minimamente honesta. Só se ele fosse mais frio que Santiago conseguiria escamotear algum sentimentalismo. Não foi: chorou, teve compaixão. Acabou por confessar que sabia de tudo, que era horrorizado daquela história, tinha tanta reserva lhe ocorresse o mesmo, não conseguia outra reação que fazer troça. Confessou que tinha cantado de propósito, de maldade, de medo; pediu perdão.

"Você não tem por que temer traição. Sua Cacau é um anjo."

"Eu sei, Coisinha. Também achava isso de Natércia."

Num colóquio misógino terminaram a tarde ao violão do Poeta, maldizendo as mulheres e bebendo. De final Santiago decidiu contar uma história:

"Era uma vez um povo invasor que chegou num país cheio de árvores maravilhosas: ipês, paus-

-brasil, sapucaias, castanheiras, mognos. Cortaram todas aquelas árvores e no lugar plantaram desgraças: eucalipto, fícus, seringueira-falsa, pínus, que sugavam o solo e desertificavam tudo. Um homem, que tinha terras ali, pediu a seus empregados que derrubassem um eucalipto gigante de seu bosque, porque tomava a água das mudas de árvores frutíferas, principalmente a pequena jaqueira que crescia na sombra. O homem odiava aquele eucalipto porque uma vez, quando caiu um galho sobre sua perna, deixou ele aleijado. Os empregados derrubaram de qualquer jeito, quando caiu matou também a jaqueira. Aquele homem então abandonou o bosque, recolheu-se aleijado em seu casebre e ficou cultivando sementes de jaca."

"Linda história, Coisinha. Só um detalhe."

"O quê?"

"Seu hominho é um iludido. Não devia se culpar de matar uma porcaria de um pé de jaca, é tão praga quanto eucalipto ou pínus. É planta invasora, não serve pra nada, reproduz de um jeito que não deixa as outras árvores viverem e dá um fruto nojento, que fede."

"Eu gosto."

"Eu também gosto de coisas que fazem mal. Gosto de rir da desgraça dos outros. Mas sei que isso não é uma coisa boa. É amor estragado. E também sei que *viver é melhor que sonhar. Eu sei que o amor é uma coisa boa.*"

O Poeta se mostrava então enigmático, e Santiago não sabia até que ponto amizade com aquele tipo era uma coisa boa, ainda que amizade seja uma espécie de amor. Aquela talvez fosse estragada.

"Mano, uma coisa é certa: as árvores nativas foram extintas, nesse lugar não vai nascer mais coisa boa. Melhor plantar jaca, dá fruto pelo menos, dá madeira. É árvore importada, predadora e tudo, mas é boa."

"Se você acha. Mas cuidado com indigestão de jaca. Tem boas árvores estrangeiras, homem. Tem cerejeiras japonesas; tem árvores medicinais, patas-de-vaca."

Viu então que o Poeta sabia demais. Fazia alusão, por parábolas, a Mitiko e a Cremilda. Esses homens que falam por parábolas têm que ser logo eliminados, em sacrifício. É a Lei.

XXII

O gato branco defeca. Ato contínuo, tomado por uma onda de estranha alegria, começa a saltitar pela casa, até ser repreendido pelo preto. Morcego anda enfezado, mas quando consegue expelir seu excremento também o assoma a mesma onda de alegria. A simplicidade das bestas encanta Santiago, ele próprio havia sido um organismo singelo, sem as sofisticações de uma triste humanidade, houve tempo em que se encantava de prazeres determinados pela expulsão de produtos do corpo, arrotos, ejaculações, suores. Hoje, nas visitas de Mitiko, a ejaculação costuma seguir-se de alegria nenhuma, nenhum saltitar de gato branco; e se isso se dá por obra de Cremilda, feito um gato negro até algum ataque do negrume depressivo toma conta dele; uma tristeza característica depois do orgasmo, pequenas mortes.

Santiago inspeciona o lixo; latas de cerveja cobertas de restos de arroz com feijão azedo. Retira-as, lava-as na pia, com pedaços de plástico que também encontrou, retira o lixo orgânico, tudo o quanto não apodreça ele lava e guarda noutro saco. No entanto, a despeito de seus cuidados, Bidgis lá embaixo mistura o reciclado ao sujo de novo. Santiago lastima os proletários sem consciência ecológica, Marcleide reclama de ter que separar o lixo, Bidgis recusa-se. Na escola próxima as crianças são ensinadas a separar o lixo, no entanto a empresa que recolhe faz tudo de uma vez, não há coleta seletiva, tudo é uma mentira. Santiago quer ver tudo reaproveitado, as latas de alumínio virarem novas latas, as pets virarem plástico, os vidros serem moídos, os orgânicos apodrecerem pra alimentar vegetais. Não se devem descartar as coisas de utilidade comprometida, tudo ainda serve pra alguma coisa; até um aposentado por invalidez.

Resolve cozinhar pros mendigos; um filé ao molho branco, carne com creme de leite e queijos finos; o prato que fez com tanto carinho pra Natércia, e que ela recusou.

"Não acredito que tive esse trabalho todo pra você não comer. Essas bichices da sua turma de faculdade me irritam, viu."

"Não fique assim, meu bem. Está lindo seu prato, mas vou só de saladinha mesmo. Nem é mania de vegano. É que não se pode comer a carne de um animal cozida no leite da mãe. Me desculpe, é mais forte que eu."

Santiago comeu de raiva, sozinho, e o prato lhe fez mal, como se a maldição de Javé. Impressionou-se, lembrou de titia, dizia-lhe nos tempos de adolescência que o povo judeu se libertou com a agricultura, e que os pastores de ovelhas eram o atraso. Mas se Deus aceitou foi a oferta do pastor Abel, do prato vegetal de Caim nem quis saber. Por isso que Caim matou Abel.

No tempo edênico Adão não precisava caçar ou plantar, ou ganhar o pão com suor de seu rosto. Pra que foi comer daquela fruta que não devia; no começo o homem rústico ainda podia criar seus bichinhos artesanalmente, de vez em quando matar algum pra saciar a fome, tanto a sua quanto a de Deus. Esse homem dos primórdios uma vez saciado repousava, não queria mais que o necessário, não tinha ganância nem fazia poupanças; Abel. Caim, seu irmão, foi o inaugurador da acumulação, o primeiro capitalista. Plantava pra estocar, arava a terra, derrubava as matas e dizimava os bichos por outra via, Abel pelo menos matava pra comer o que, se não parecia justo, era necessário ao menos. Titia lhe contava as histórias com certo pendor por Caim, titia gostava de agricultura e acumulação. Santiago não gostava de agricultores, gostava de bichos; seus gatos.

Foi à avícola do quarteirão comprar um frango que fazer pros mendigos. Mandou sangrar. Desossava inteiro, os ossos cozinhava pra fazer canja com miúdos e pelancas, depois dava pro cão da vizinha, não deixava perder nada. Na avícola deu-se conta de outra forma de criar animais; feito um agricultor, criar os pobres bichos confinados, em série, todos iguais como não tivessem alma, galinhas brancas clonadas. Era o princípio da agricultura aplicado à zoologia. Tanto que esse tipo de criação era da alçada do Ministério da Agricultura. Santiago fazia o inverso, criava as plantas feito animais, dava-lhes consideração, dispensava aos bonsais cuidados de ser animado que gestava até filho, desgraçadamente abortado, mas gestava.

Santiago gostava de bichos, ofertar o sangue dos primogênitos. Via algo do Mal nos agricultores, latifundiários. Liga a tela de led e se surpreende com a transmissão, em videotape, da festa de fim de ano da Companhia na TV local. Um boçal de sotaque argentino faz a coluna social da burguesia santista; até transmissão de inauguração de velório. Não deixa de ser divertido.

"Estoy aqui con mi vierra amiga, a espossa do xerente dessa maravijossa Companhia Brassileira de Alquimia. Como es su nome mesmo? Conta aqui pra xente como está la fiesta."

"Oi, eu sou Leandra Carrascoza, presidenta honorária do fundo social da CBA. A festa está linda, os funcionários felizes, muita gente bonita blá-blá-blá."

A mulher do gerente industrial, Marcos Carrascoza, faz um papel histriônico. É um dos motivos de maledicência da peãozada, Santiago se divertia com as histórias sobre chifres superlativizados, redimiam os funcionários das humilhações diárias que o tirano impunha. Sabe-se que peão aumenta, mas não inventa, ela tinha jeito de piranha mesmo. O programa segue, agora o câmera filma as gôndolas de comida de um bufê, rodelas de batata frita com sorrisos esculpidos; seus mendigos têm comido melhor. Assiste até o final, na sequência entra um programa que transmite a posse da nova diretoria da OAB, mais coluna social, presidente, primeira-dama e diretoria circulados por um corpo de bailarinas que dançam algo parecido com André Rieu, ou será um sertanejo universitário orquestrado. Enfim. A televisão local definitivamente acabou com os programas de humor.

Santiago, hoje amargado pelo sofrimento, começa a ver qualquer ridículo em tudo. Antes saboreava com amor esses encantos de novo-rico, as conquistas infames que seduziram o proletariado levando-o a julgar-se classe média. *Vem ser feliz ao lado deste bon-vivant, vamos pra Babylon, baby, vamos pra Babylon.* Lembrou-se da visita matinal de todo sábado com Natércia nas lojas de material de construção, ver pisos; azulejos; banheiras de hidromassagem; tampas de privada. Havia uma loja que anunciava "O glamour do seu banheiro". Houve um tempo em que ele viu glamour em privadas; hoje não mais. Amor ilude.

XXIII

A campainha soa na justa hora em que Marcleide usa chegar ao serviço. No último dia em que devia ter vindo faltou, vem abusando. Santiago vai à porta, manquitola e resmunga.

"Perdeu a chave, foi? Praga."

Abre a porta sonolento, a vista embaçada divisa não Marcleide, mas o rosto do Poeta, modificado por uma cosmética inusual: barbeado; um bigodinho aparado na exatidão; óculos de aro fino; como o Poeta se houvesse transformado num músico do tempo de Garoto ou Noel. Olha-o forçando a vista embaçada por remelas matinais.

"Que que aconteceu contigo, Mano?"

A figura estende-lhe um cartão de visitas.

"Investigador José de Alencar Segundo, bom dia. Preciso conversar com o senhor."

Santiago para, espanta o sono, pede que entre, sente e aguarde, enquanto tenta se situar. Precisa um pouco de água fria. Voltando do toalete, ainda no estranhamento, atende a visita:

"Pensei que o senhor fosse um amigo meu. Muito parecido."

"Eu sei. Conheço-o também."

Pausa enquanto se medem. Alencar retoma:

"A empregada do senhor foi encontrada morta com dezesseis facadas, em sua casa na favela do Dique. Estamos investigando, já temos o autor. Devemos prendê-lo em breve."

Santiago não se havia refeito e levava mais essa. A morte de Marcleide o afeta de maneira que não entende, odiava-a mas sente uma tristeza profunda, a perda de alguém que, se não o amava, o entendia; o que era bastante.

"Quem fez isso?"

"O amante, um tal Vanderson. Conhece?"

"Sim, o verme."

"Exato. Bom que admite conhecê-lo. Já sabia. Tive oportunidade de ler seu diário."

Em pé, forçando a única perna boa a lhe suster o peso, Santiago se joga no sofá de veludo e reflete demorado.

"Está bem, vamos lá. Se você não é o Germano, se isso não é uma palhaçada, me diga, o que quer comigo?"

"Sou o policial encarregado de investigar o homicídio da sua empregada. Achei seu diário nas coisas dela. Temos um culpado, desaparecido e, ao que vi, tem ligações remotas com o senhor. Me conte sobre isso, se quiser. Se preferir omitir tudo nessa conversa informal não tem problema, posso intimá-lo oficialmente. Não responda agora, sei que deve estar confuso. Tem aqui meus telefones, vou aguardar seu contato por vinte e quatro horas."

Quando o investigador sai, Santiago reflete um tanto e acha de ligar ao Poeta, pedindo-lhe viesse em casa; ele vem e Santiago constata serem duas pessoas distintas, como se gêmeos univitelinos, iguais a seus falecidos filhos, um preto e um branco; filhos opostos de uma unidade estragada. Germano explica que o investigador é sagaz, que nunca o deixará sossegado, mas que é homem de princípios; se lhe pedia ajuda pra investigação de um crime, e se era do gosto de Santiago ver o criminoso preso, podia colaborar. Só não contava era que a investigação do momento podia reabrir outra, encerrada, irresoluta, de um crime esquecido: Natércia. Na televisão, enquanto os dois conversam, surge a reprise do programa local: Marcos Carrascoza, dando entrevista na TV duma universidade privada, discorre sobre a refeição dos trabalhadores da CBA:

"Essa coisa de uma hora pra refeição é uma aberração, só existe no Brasil. Nos Estados Unidos o cara opera sua máquina enquanto está comendo um sanduíche, lá sim é civilização. Enquanto não acabarmos com esse protecionismo o Brasil não vai crescer."

O Poeta tem um surto e começa a xingar de todos os nomes seu antigo chefe. Não se conformou com a demissão depois de ter explodido uma unidade da Companhia. Santiago aposentou-se há tempo, admirava o gerente, tinha-o na conta de mito, hoje começa a desconstruir. Talvez o Poeta esteja certo, aquilo era uma escravidão bem disfarçada. Seu casamento era uma enganação também, o sofrimento inútil de depois, a morte de Marcleide agora, tudo. Queria ficar só.

XXIV

Fim de tarde despacha Cremilda, que pretendia pernoitar ali. Ao acompanhá-la à portaria do prédio, Bidgis mostra-lhe o jornal, seção policial: "Pedreiro mata ajudante surtado". O jornal sensacionalista relata com aquela linguagem grotesca que Beneval havia tirado a vida de Vanderson, que tinha ido a sua casa atrás de "grana" e estava na "noia" etc. Ele telefona para Mitiko, em cujos seios afundou o rosto durante toda a noite. Nesse aconchego decidiria o que dizer pro investigador Alencar. Ela concorda em não abrir a boca, conforme ele havia pedido.

Mitiko está quarentona. Ainda é uma bela mulher, asiática amorenada, mistura fina. Santiago imagina que tipo de filhos gerariam se acrescentasse seu sêmen hispânico àqueles óvulos. Nominaria o primogênito Santiago. Em profunda confusão mental, que o leva a uma tristeza inexplicável, Santiago pensa estas tolices enquanto afunda nos seios de Mitiko. O corpo é acolhedor, largo, ela vem engordando com a idade, está bonita. Os seios são miúdos, e bem duros ainda. Um cheiro de jaca, insuportável, impregna o quarto. A tristeza mina da alma de Santiago e ele entra num choro esparramado.

"Por que chora, amado; que te fizeram?"

Ele não responde, apenas urra, aumentando a frequência do choro, purgando. Os gatos sossegaram na sala, parecem em paz. Depois de um tempo sem dizer palavra liga o toca-discos e dançam, sentados, um bolero triste.

"Vou me entregar. Quero pagar meus crimes, não aguento mais."

"Eu prometi que não ia falar nada. Mas quero que saiba que você não tem crimes a pagar; e que, se tiver, eu perdoo."

"Eu que matei o seu pai."

Ela olha para ele compreensiva, afaga seus cabelos.

"Até isso eu perdoo. Não sou do meu pai, agora sou sua. Você me cria livre."

Santiago sabe que ela fala contando que está fantasioso; talvez o tome por louco. Resolve abrir tudo, já que o vai fazer pra Alencar na manhã seguinte:

"Quem matou Natércia fui eu. Mandei matar."

"Uhum. Perdoo também."

Mitiko o comprime mais quente ao seio. Chora no colo da titia, paixão. Ela sente lágrimas escorrerem, chega a obter algum prazer, que não é propriamente sexual, do líquido morno.

"Você não acredita, né? Sente este cheiro de jaca?"

"Sinto. De onde vem?"

"Do corpo dela, que eu guardo aqui."

Toma a namorada pela mão e a leva até o guarda-roupa, que abre. Dentro mostra, cerimonioso, como quem revela o grande arcano, o corpo de Natércia desfeito, putrefato. Ela o aconchega pela última vez; instantes; repele.

Mitiko retira o manequim destroçado do guarda-roupa e o joga com violência no chão, espalhando cacos de gesso que despegam dos arames. Na sala, o gato preto dá um urro e joga-se da janela. Ela se posta em frente a Santiago com carinhosa autoridade, toma-lhe dos lóbulos das orelhas entre os dedos, com as unhas dos polegares comprime fortemente. Ele se ajoelha, submisso, e ouve uma preleção serena, que É só um manequim; que Não há culpas; Só perdões. Chora amargo no peito de Mitiko; chora a impossibilidade de se livrar de uma culpa que nem Deus lhe quer mais cobrar. A pior inadimplência é a recusa do credor.

A noite foi de bom sono, como se se tivesse podido livrar dos fluidos, como se um gozo forte o conduzisse ao relaxamento necessário; como os gatos. Santiago não fez amor aquela noite, não purgou sêmen, mas lágrimas antigas, e livrar-se dessa secreção deu-lhe liberdade. Liberdade para solicitar o cárcere. Queria pagar por aquela morte. Tão logo Mitiko se vai, não sem antes fazer os cuidados de higiene e alimentação para gatos e dono, e prometer que só voltará se for chamada, Santiago telefona para Alencar. Em meia hora o investigador está no prédio.

"Quero me entregar."

XXV

Ouvida toda a história oral, que homologava o relato dos diários, a conclusão do investigador não foi diversa da de Mitiko: a confissão de um perturbado mental não fazia prova contra ele. Ademais, chamar a autoridade policial a essas alturas de caso encerrado era de todo inócuo.

"Seu pedreiro matou o Vanderson. Vinha fumando crack há dias, tirou a vida de Marcleide em crise de abstinência, completamente transtornado. Dali foi infernizar o patrão em casa, atrás de dinheiro pra comprar pedra. Beneval não estava, ele começou pedindo pra mulher, a mãe do finado Esquisito, ela não tinha. Partiu pra violência. Quando Beneval chegou ele aplicava uma gravata na coitada. Levou seis tiros."

"E o caso de Marcleide, como fica?"

"Acabou. Com a morte do réu, extingue-se a punibilidade."

"Mas eu estou lhe confirmando toda a história da morte de Vivaldo e Natércia, eu que encomendei. Comprei essas mortes. Estou confessando meu crime."

"Caso encerrado. Eu próprio atuei nesse inquérito. Tinha particular interesse em desvendar, queria congratular o cristão que tirou do mundo uma alma suja feito aquele Vivaldo. Matava mendigos a mando de comerciantes, sabia? Não o congratulo aqui porque não foi o senhor. Sua confissão não é prova de nada, é fantasia, confissão de doido. Um doido que acha que um manequim é o cadáver de sua esposa. O senhor não pagou nada: quer pagar, só que ninguém recebe; conforme-se."

"Eu vou a uma autoridade superior, contrato advogado, sei lá. Aquela morte é minha. A de Natércia não, mas Vivaldo fui eu. Comprei aquela morte."

"Se comprou, senhor, comprou gato por lebre. Caducou, inquérito encerrado, o agente está morto, o ajudante também, não há prova de que o senhor tenha pagado ninguém, qualquer vagabundo, em especial o Esquisito, tinha razão de sobra pra matar um meganha sujo feito Vivaldo. Nem que sua fantasia tivesse algum fundo de verdade, nem assim Deus ia querer lhe cobrar essa fatura, homem. Descanse, já sofre demais, cumpre sua pena aqui, nesta cela fedendo a carniça e jaca. Deixe a srta. Mitiko limpar isso, cristão, você pode ser feliz. Ela é uma boa moça, cuida tão bem de você. Saiba que ela me procurou esses dias, venho acompanhando sua história com interesse, só no começo que era pra pegar o Vanderson. O Diabo pegou primeiro. Não queira negócio com o Diabo, ele não aceita sua moeda. Vá em paz."

O Poeta, depois de uma semana sem achar Santiago, vai à sua casa. Sobe direto, Bidgis lhe franqueia a entrada.

"Vá lá, acho que ele está sim, não vi sair."

A campainha soa mas ninguém atende. Estando aberta a porta, Germano entra, assustado, pressentindo desgraça. Chantilly está alucinado, destruiu o veludo do sofá, a caixa de excremento transborda, há dias sem limpeza. Fezes no chão, os gatos irritam-se quando não se limpa a caixa, fazem fora em protesto. Com olhos injetados o animal eriça os pelos das costas. O Poeta abre a janela, por onde feito uma bala de matador contratado o gato branco zarpa. Foi de encontro a seu companheiro suicida, o preto. Segue, depois de três chamados inúteis, ao quarto donde vem um cheiro doce de carniça; ou jaca. Esperava pelo pior, mas encontra apenas meio manequim destruído no chão e, na cama, um Santiago inerte, magro e delirante.

"E aê, Coisinha? Que que está pegando?"

Santiago levanta devagar, a dificuldade com a perna rija, senta na borda da cama.

"Nada. Vamos tomar um café."

"Tua casa está uma zona."

O Poeta prefere não comentar do pulo do gato. Depois de tomarem o café Santiago começa a dar falta dos animais.

"Devem estar escondidos em algum vão. Não gostam quando tem visita."

"Cadê a Neuza? Não limpa mais a bagaça?"

Ele está se referindo a Mitiko, um trocadilho de rebuscado mau gosto. Santiago pensa que jamais poderiam ser a mesma pessoa o Poeta e o investigador Alencar, almas tão diferentes guardadas em dois corpos idênticos. A casa está de fato imunda, Mitiko não voltou mais, respeitando o pedido de Santiago de só fazê-lo se chamada; ele não chamou, nem o vai fazer.

"Não fale assim de Mitiko. Ela não é minha empregada."

"Sorte dela. Pra sofrer os esculachos que a outra sofria, melhor não ser mesmo. Aquela descansou. E aê, fizeram o vagabundo, né?"

"O padrasto matou. Aquilo era tão verme que fez até um crente feito Beneval usar revólver. Ainda bem, uma praga a menos no mundo."

"Estou ligado. O Alencar chegou tarde na fita, não deu tempo de pôr as mãos no mala. Bem feito, investigadorzinho metido."

"Você é o que dele?"

"Nada, graças a Deus."

"Impossível. Devem ser irmãos, se não forem gêmeos. Teu pai deve ter andado com a mãe dele."

Germano perdeu o pai cedo. Não gosta de referências jocosas à sua figura; mas foi ele quem começou com as grosserias. Cala-se um tempo, sem direito de resposta, e retoma num outro tom, oposto:

"Eu peço sinceramente que me desculpe a referência à sua namorada. Foi racista, misógina, fascista e mais. Percebo-o agora, quando o senhor usa do mesmo método falando de meu pai. Sabe que o perdi cedo e que me é doloroso ver seu nome envolvido em torpezas."

"Eu sei, Poeta, de boas, não precisa falar bonito. Também perdi meu pai, nem conheci pra falar a verdade. Só falei com você no mesmo tom de peão de fábrica."

"Tudo bem."

"Poeta, me ajuda, você é um cara de leituras, manja das coisas. Eu quero pagar pelo meu crime. Fui eu quem mandou matar o Vivaldo, e os caras mataram a Natércia junto. Confessei o crime, estava tudo registrado nos meus diários."

"Sim, eu li."

"Leu onde?"

"Estavam na casa de Marcleide. Não me chame de Poeta, posto que não o sou. Meu nome é José de Alencar Segundo, investigador de polícia. O senhor está louco. Tomei o cuidado de incinerar os seus diários. Seus gatos se atiraram da janela, em pânico, o primeiro no dia em que a srta. Mitiko aqui esteve, o segundo faz menos de uma hora, assim que entrei. O peixe beta creio que foi devorado, o aquário estava no chão e não achei o cadáver. Gatos adoram peixe. Os bonsais tinham os vasos quebrados, a srta. Mitiko os levou para plantar em chão livre, que cresçam como árvores. Ela também detesta aprisionamento; tem os pés deformados por causa disso. E o chão pertence às árvores, cristão, como o céu pertence aos pássaros. Sem vasos, sem gaiolas. Suas jaqueiras crescerão livres, e não se preocupe se elas vão tirar o espaço de outras árvores, há chão para todas. O povo de Deus é livre e deve se multiplicar e crescer, e se espalhar e dominar, subjugar a terra, a Natureza, Deus tem pra eles uma terra prometida. O senhor é cristão-novo e sabe disso, é um sefardita, um judeu ibérico convertido. Sua finada senhora era uma asquenaze, é como se chamam os da Europa Central; pesquisei-lhe a árvore genealógica até a primeira ancestral em solo brasileiro, uma polonesa, Katarzyna Gralówna, vulgo Polaca, muito popular no cais santista na década de 1920 do século passado. Katarzyna, Catarina entre nós, vem do grego, *kataros*: casta, pura; que ironia. Natércia é um anagrama de Caterina, os asquenazim usam colocar nos filhos os nomes de ancestrais mortos, ao contrário dos sefarditas, que adotam o nome dos ascendentes vivos. Sua finada senhora era que nem a avoenga."

A figura levanta e se vai pra sempre. Santiago fica inerte, não sabe o que pensar, se falou com duas pessoas distintas ou uma única, que espécie era aquela, se ele próprio era um louco que por uma culpa original queria ver-se encarcerado, mas não tinha feito era nada. Ficou com a impressão de ser ele próprio, Santiago, uma personagem criada por alguém que não conseguia definir.

XXVI

Hoje na praça mora mais um indigente, Santiago Hernández, o mendigo dançarino de uma perna só. Quando vagabundos surgem com violões de serenata ele anima a rua, dançando em ponto e vírgula; os demais mendigos o receberam bem; Altino, seu líder, recomendou.

Santiago teve apartamento; pensão; carro hidramático, com isenção de impostos; uma vida de pequenos acertos, mas preferiu ser o judeu errante. De seu agora possui dois gatos e um carrinho de feira com várias sacolas plásticas, daquelas de supermercado, onde guarda roupas; ração dos gatos; lacres de alumínio; pedaços de pão; copos plásticos; uma escova de dente de cerdas gastas; um corote de plástico pet com aguardente. Não teve o que fizesse os gatos voltarem pra casa, desde que pularam daquele andar, daquela cela; fizeram seu lar na praça, no oco da paineira. Querendo ficar perto de seus gêmeos, não tendo mais o que desejar daquele vidro de palmito em que tinha vivido com fantasmas, ele e os gatos agora vivem em liberdade, a liberdade que experimenta quem cumpriu sua pena numa penitenciária da vida, e que a própria vida exclui depois. Santiago cumpriu a sua, estava quite com a sociedade, com os homens, com Deus; só não estava era consigo mesmo.

"É, patrão, no fim das contas o Vivaldo velho expulsou foi a gente tudo pra essa praça."

É o que diz Altino, com profunda sabedoria.

ESTA OBRA FOI COMPOSTA PELA ABREU'S SYSTEM EM ADOBE
GARAMOND E IMPRESSA EM OFSETE PELA PROL EDITORA GRÁFICA
SOBRE PAPEL PÓLEN BOLD DA SUZANO PAPEL E CELULOSE
PARA A EDITORA SCHWARCZ EM AGOSTO DE 2017

A marca FSC® é a garantia de que a madeira utilizada na fabricação do papel deste livro provém de florestas que foram gerenciadas de maneira ambientalmente correta, socialmente justa e economicamente viável, além de outras fontes de origem controlada.